SV

Katharina Hacker
Alix, Anton und die anderen
Roman

Suhrkamp Verlag

Erste Auflage 2009
© dieser Ausgabe Suhrkamp Verlag Frankfurt am Main 2009
Alle Rechte vorbehalten, insbesondere das des öffentlichen Vortrags sowie
der Übertragung durch Rundfunk und Fernsehen, auch einzelner Teile.
Kein Teil des Werkes darf in irgendeiner Form (durch Fotografie, Mikrofilm
oder andere Verfahren) ohne schriftliche Genehmigung des Verlages
reproduziert oder unter Verwendung elektronischer Systeme verarbeitet,
vervielfältigt oder verbreitet werden.
Satz: Hümmer GmbH, Waldbüttelbrunn
Druck: Freiburger Graphische Betriebe, Freiburg
Printed in Germany
ISBN 978-3-518-42127-7

1 2 3 4 5 6 – 14 13 12 11 10 09

Alix, Anton und die anderen

1. Kapitel

Den ganzen Sommer über habe ich auf den Herbst gewartet, ich saß auf einem Stuhl nahe der Tür meines Buchladens, die ich offenstehen ließ, hielt nach Kunden Ausschau und dachte an den Herbst, an den ersten Nebel, an die langen Abende, ich dachte, spätestens nach dem Kürbisfest, das sie hier immer feiern, als wäre Schöneberg voller Gärten und Gärtnereien, spätestens nach dem Kürbisfest werden wieder mehr Bücher verkauft werden. Als aber der Oktober mit einigen grauen Regentagen begann, wurde ich schwermütig, und daß tatsächlich mehr Leute kamen, um Bücher zu kaufen, tröstete mich kaum.

Es kommt mir vor, als wären Clara und Heinrich in diesem Frühherbst gealtert, und Alix, ihre Tochter, wirkt noch fragiler als sonst. Jan, ihr Mann, ist reizbar und ungeduldig, und der einzige von uns, der nie die Contenance verliert, der immer freundlich bleibt, ist Anton, der seine Praxis nicht einmal mehr mittags schließt, weil sein Wartezimmer voll ist mit niesenden, schniefenden, fiebernden Leuten, die tun, als hätte ihr letztes Stündlein geschlagen.

Anton war es eigentlich, der auf die Idee kam, wir könnten doch einmal Clara und Heinrich zum Essen einladen, statt uns jeden Sonntag von Clara bekochen zu lassen. Als ich dann vorschlug, wir könnten zu dem Vietnamesen in Zehlendorf gehen, war Anton überrascht und begeistert. Clara und Heinrich schauten mich verblüfft und ein

Anton hatte ihm für seinen Laden eine Holzbank geschenkt und in die Lehne eingravieren lassen: Für Bernd. Sie stand im Sommer vor dem Laden, und wenn kein Kunde in Sicht war, setzte Bernd sich in die Sonne vor die Türe und schaute zu, wie die Leute vorbeigingen. Im Winter stellte er die Bank in den Laden, und manchmal saß er, wenn sie ihn besuchten, mit Jan oder Anton oder Alix darauf, an der Schmalseite des Ladens, vor dem Regal mit den Gedichten.

Eines Nachts träumte er, er käme morgens in seinen Laden, der im Souterrain liege, und über Nacht hätten starke Regengüsse die Straße überflutet, die Wasser wären die Treppenstufen hinunter und in den Verkaufsraum gelaufen, als er kam, hatte das Wasser eben das zweite Regalbrett erreicht, und die Herbstprogramme, die er unter der Kasse gestapelt hatte, kamen ihm entgegengeschwommen, er sah die aufgedunsenen, verzerrten Gesichter;

von seinem Traum erzählte er nicht einmal Alix, die er manchmal sehen konnte, wenn sie die Balkontüre öffnete und nahe an

dem Gitter stand und sich darüber beugte, manchmal winkte
sie ihm, manchmal winkte sie
auch zu Ahmed, dessen Gemüseladen zwei Häuser weiter oben
an der Straßenecke war

das war dieses Lebensalter, die
Mitte des Lebens –
man strich Sachen aus, eine nach
der anderen, und anders als erwartet war das Problem keineswegs die Leere oder daß man
nicht mehr leben wollte, sondern
im Gegenteil diese zunehmende
Begierde, diese Neugierde, diese
ängstlichste Liebe. Und auf eine
verrückte Weise war etwas an
dieser Liebe und Neugierde zutiefst abstrakt.

Wer solch ein Haus hätte, ein
Haus, wie ein Kind es malen
würde, aus Holz gebaut und mit
einem roten Dach, wer so ein
Haus, hätte, mit einem Garten
und mit alten Apfelbäumen,
unweit des Sees, mit Rosenstök-
ken dicht am Haus, mit Pfingst-
rosen, man sieht noch, wo früher
die Himbeersträucher standen,
der müßte doch glücklich sein,

und wenn man auch wußte, daß
ein Haus allein keinen Menschen
glücklich macht, dachte Anton,
so würde man doch glauben, wer
hier lebt ist glücklich.

bißchen verärgert an. Wir essen seit neunzehn
Jahren jeden Sonntag bei dir, sagte ich zu Clara.
Ich bin ja froh, daß wir inzwischen wenigstens
den Tisch abräumen dürfen. Aber laß uns doch
bitte wirklich einmal im Monat essen gehen. Ich
habe allmählich ein schlechtes Gewissen. Nach
neunzehn Jahren? fragten Jan und Heinrich spöttisch wie aus einem Munde. Wir mußten lachen.
Schwiegersohn und Schwiegervater können unmöglich einander ähnlicher sein als die beiden,
es ist, als wären sie all diese Jahre verheiratet
und glichen sich dadurch immer mehr einander
an. Sie standen nebeneinander in dem großen
Wohnzimmer, dessen Doppeltüren sich zum Eß-
zimmer und weiter zum Wintergarten öffnen,
mit dem Rücken zur Treppe ins obere Stockwerk,
Alix saß auf den Stufen, wie sie es oft tut. Ich sah
ihr Gesicht zwischen den Stäben des Treppenge-
länders, die starken Wangenknochen, den deutlich gezeichneten, großen Mund, die fast schwarzen Augenbrauen, alles in ihrem Gesicht ist, bei
aller Zartheit, überdeutlich, und ihre grünbrau-
nen Augen schimmerten. Ich war näher zu ihr
getreten. Es passiert oft, daß ich mich plötzlich,
ohne mich zu erinnern, wie oder warum, dicht
neben ihr befinde, so dicht, daß ich sie berühren
könnte.
Ich habe schon gekocht, sagte Clara. Dann lachte
sie. Heinrich ist über achtzig, ich werde achtund-
siebzig, und plötzlich wollt ihr uns zum Essen einladen. Vietnamesisch. Sie bückte sich und hob
behende den Schuh auf, den sie abgestreift hatte. Andere Schuhe brauche ich, verkündete sie.
Dann lief sie, den einen Schuh am Fuß, den anderen in der Hand, an ihrer Tochter vorbei die
Treppe hinauf, verschwand in ihrem Zimmer,
man hörte, wie etwas zu Boden fiel, und auf ein-

mal waren wir alle sechs aufgeregt, und der gemeinsame Sonntag, eine so lange Gewohnheit, war ein Abenteuer. Mein Auto ist das größte, ein alter Mercedes Kombi, Jan fuhr, und Heinrich saß neben ihm, wir anderen saßen eng gedrängt im Fond, Alix und ihre Mutter als eine Person gerechnet, es war ja nicht weit, den Fischerhüttenweg hinauf und dann noch etwa hundert Meter bis zu dem Restaurant, das etwas abseits der Potsdamer Chaussee liegt, in einer Seitenstraße, deren Namen ich mir nicht merken kann, eine dieser Zehlendorfer Straßen, die mit Ahornbäumen oder Platanen bestanden sind und die im Herbst so still und geborgen aussehen, daß man sich wünscht, in einer der kleinen Villen dort zu wohnen.

Das Haus allerdings, in dem das Restaurant sich befindet, ist in den siebziger Jahren gebaut worden. Nicht sonderlich schön. Es hat große Fenster und einen kleinen Garten. Der Kitsch immerhin hält sich in Grenzen, und wir wurden sehr freundlich empfangen von einem etwa sechzigjährigen Mann, der uns an unseren Tisch geleitete. Seine Frau brachte uns die Speisekarten, das heißt, wir nahmen an, daß es seine Frau war. Aber sie sehen sich ähnlich, sagte Alix, und Jan sagte, alle Vietnamesen ähneln einander in unseren Augen, er war mißmutig, Jan ist in letzter Zeit häufig mißmutig, er nimmt etwas schwer, so wirkt es, und er sagt keinem von uns, was es ist, das er schwernimmt. Vielleicht sind es die Nachrichten, das, was Tag für Tag über den Irak, über Afghanistan zu lesen ist, all die Toten, all die Anschläge, oder auch die Überschwemmungen und Wirbelstürme, und Anton hat einmal gesagt, wenn einer von uns Kinder hätte, würden wir aus der Zeitung einen Hut und ein Schiff und ein Papierflugzeug

Jedesmal, sagte er zu Jan, wenn sich die Tür öffnet, denke ich, gleich müßten eure Kinder herausgelaufen kommen, deine und Alix' Kinder,

aber Jan und Alix hatten keine Kinder, sie würden keine Kinder mehr haben.

Die Lis waren Katholiken, gläubige Katholiken, und die Kirche hatte sie gerettet, indem sie die Eltern und die beiden älteren Kinder, Wang und Mai Linh, nach Deutschland gebracht hatte, ein Pfarrer aus Berlin, 1968, nicht erst in den siebziger Jahren, als die Boot-Leute kamen. Darauf legte Wang wert, daß sie nicht zu den Boot-Leuten gehörten, sondern als Christen verfolgt worden und geflohen waren. Und Georg sollte mit erstem Namen Georg heißen, wie der heilige Georg, der den Drachen besiegte. Wang, der mit Taufnamen Johannes hieß, wie Mai Linh auf den Namen Maria getauft war, hatte die Eltern überredet, daß Georg keinen zweiten Namen haben sollte. Und wirklich sah Georg, der in Deutschland geboren war und besser Deutsch als Vietnamesisch sprach, nicht aus wie ein Vietnamese. Ein Bild von seiner Taufe zeigte einen schmalen Jungen mit lockigem Haar im dunklen Anzug, eine weiße Kerze in der Hand. Wang betete für ihn jeden Sonntag. Und wann immer er die zornigen, kränkenden Worte Georgs vergaß, fragte er ihn, ob er mit in den Gottesdienst komme.

Mit kleinen Schritten lief Clara die abschüssige Straße, eigentlich nur ein asphaltierter Weg, zum See hinunter, der manchmal, was der Beleuchtung zu verdanken war oder dem Aussehen der Wolken, still und verträumt und abgeschieden dazuliegen schien, als wäre er von weiten Wiesen oder Kiefernwäldern umgeben, so daß die deutlich hörbaren Züge aufmerken ließen, und es war einer derjenigen Tage, an denen der Wald schütter und städtisch das Wasser umgab und jede Illusion zerstörte, ebenso wie die Krähe den Eindruck der Friedfertigkeit zunichte machte, indem sie gierig die Eingeweide einer erlegten Taube auseinanderzerrte und auffraß.

Die fast ländliche Stille war damals schon eine Täuschung gewesen, als sie 1963 hierherzogen, eben verheiratet, das Haus mit dem Geld ihrer Eltern bezahlt, da Heinrich voller Hoffnung, so sagte er, auf seine endgültige Anstellung als Staatsanwalt wartete, er nahm folglich unbefangen das Geld seiner Schwiegereltern entgegen, die ihm nur

bauen, statt dessen tun wir sie in die Altpapiertonne; ich weiß nicht genau, was er damit sagen wollte, Heinrich tadelt uns regelmäßig, daß wir so schlechte Zeitungsleser sind, ich habe den Tagesspiegel abonniert, Jan und Alix haben die Frankfurter Allgemeine Zeitung und Anton die Süddeutsche, wir haben uns das genau ausgedacht, auch wenn wir seltener die Zeitungen austauschen, als wir uns das vorgestellt haben.

Wir haben Hühnchen gegessen, mit unterschiedlichen Soßen, neben vietnamesischen gab es auch thailändische Gerichte, es war ungewohnt, im Restaurant zu sitzen, zwischen lauten Familien mit Kindern, die dort ihr Sonntagsessen aßen, aber alle waren angetan. Heinrich wollte dann nach Hause laufen, Jan schloß sich ihm an, sonst laufen wir alle zusammen um den Schlachtensee, jedenfalls immer dann, wenn es nicht regnet. Also fuhren Anton, Clara, Alix und ich mit dem Auto. Anton stieg an der Krummen Lanke aus, er sagte, daß er noch in der Praxis vorbeischauen müsse. So blieb ich alleine mit den beiden Frauen. Wir standen einen Moment ratlos vor dem Haus, es war so ungewohnt, daß nicht alle zusammen hinein- und hinausgingen. Alix sagte, sie habe große Lust, sich hinzulegen. Clara nahm meinen Arm, wir zwei gehen an den See, verkündete sie, ohne mich zu fragen. Ich gehe nur mit, fuhr es mir durch den Kopf, weil sie alt ist, wer weiß, wie lange wir unsere Sonntage noch hier verbringen. Und jetzt weiß ich, daß sich alles viel schneller aufgelöst hat, als wir es uns vorstellen konnten. Erinnerst du dich, sagte Clara plötzlich, wie ihr das erste Mal gekommen seid, vor neunzehn Jahren. Natürlich erinnere ich mich daran, an den ersten Besuch am Elvirasteig ebenso wie an den Abend ein Jahr zuvor, als ich Jan kennenlernte, sagte ich ihr. Erzähl mir von dem Abend, an dem du Jan kennengelernt hast, bat sie mich.

An den Abend, an dem Jan und ich uns kennenlernten, erinnere ich mich noch immer gut, obwohl seitdem zwanzig Jahre vergangen sind, wir waren fünfundzwanzig, Jan stand kurz vor dem zweiten Staatsexamen, ich hatte das erste gerade bestanden, und mein Freund Lars hatte mich verlassen, und ich wußte, daß ich nicht länger Medizin studieren, daß ich nicht Arzt werden wollte, es war der Abend, an dem ich beschloß, das Studium abzubrechen. An Freunden hat es mir nie gefehlt, aber an jenem Abend wollte ich keinen von ihnen sehen, ich ging alleine in eine Kneipe in Kreuzberg, es war nicht lange vor der Wende, irgendeine kleine Kneipe, die einmal schick gewesen war, jetzt aber, im Vergleich zu allen möglichen Clubs und Bars in Mitte und auf dem Prenzlauer Berg, regelrecht öde wirkte. Die Langweiler gingen weiter dorthin, und ich auch und Jan auch. Es ist absurd, aber bis heute habe ich ihn nicht gefragt, was er in dieser Kneipe zu suchen hatte, die aus irgendwelchen Gründen Der Sturm hieß und längst zugemacht hat. Ich weiß noch, daß ich eine helle, weite Hose trug, dazu ein hellblaues Hemd, ich hatte mich hergerichtet, weil ich es anders nicht ertrug, um Lars' willen, damit ich schön aussehen sollte, falls er mich zufällig sah. Ich war damals schön. Was ich nie tue, wollte ich an jenem Abend tun, ich wollte mich betrinken, wenn möglich nicht allein, ich suchte die Gesellschaft eines Mannes, aber eines Heteros, ich wollte keine Verwicklungen, und ich bat den Wirt, er möchte mir den besten Wein bringen, den er habe. Pedro nannte sich der Wirt aus unerfindlichen Gründen, denn

leidlich wohlwollten, jedoch war ihre Tochter Clara, man sah es schon, in anderen Umständen. Du mußt ein Zuhause haben. Claras Eltern hielten Heinrich für eine dünne und damit windige Person, menschlich betrachtet.

Als Clara zum ersten Mal den damals noch nicht asphaltierten Weg hinuntergelaufen war zum See, ein kürzeres Stück – ihr erstes Haus lag näher am See, der Garten, abschüssig, berührte fast das Wasser, war nur durch einige Bäume und den Fußweg vom Wasser getrennt, durch einen Zaun, von dem bald ein Stück abgeschnitten und durch ein Holztörchen ersetzt wurde, unseligerweise, wie sich herausstellen sollte –, als sie auf die Fläche zugelaufen war, die unbewegt und perfekt spiegelnd in mattem Grau dalag, da war ihr gewesen, als könnte sie geradeaus weiter und übers Wasser laufen, sie, die nie richtig schwimmen gelernt hatte, erst lernen würde.

Ihr ganzes Leben lang betrachtete sie die Fotos von Frauen in Badeanzügen, Fotos aus den zwanziger und dreißiger, aus den fünfziger und sechziger Jahren, bevor alle Bikinis trugen, mit der Gier des heimlichen Vergleichs, die Schenkel, die Linie des Bauches und der Brust, wie die Frauen sich ihren Männern zudrehten oder sich von ihnen abwendeten, um aufs Meer (es war fast immer das Meer der Hintergrund, selten nur ein See) zu blicken oder in die Kamera.

Als sie zwanzig Jahre alt gewesen war, hatte ihr Vater sie mitgenommen, drei Tage lang waren sie am Chiemsee gewesen, was sich mit einer Münchener Geschäftsreise verband, und drei Tage lang versuchte er ihr tagsüber, während er abends mit ihr ausging in die besseren Restaurants Priens und Rosenheims, schwimmen beizubringen, drei Tage lang begegneten sie sich allmorgendlich am nur leicht abschüssigen Strand des Chiemsees in Badezeug, drei Tage lang spürte sie den Blick ihres Vaters, eines gravitätischen Mannes, der fürs Magere keinen Sinn hatte,

eine Tochter, die weder schwimmen konnte, noch einen Busen hatte,

und sowenig er Heinrich liebte, so dankbar war er später, daß seine Tochter Clara geheiratet, daß sie schwanger war, von der Geburt eines Enkels erfuhr er eben noch, erleichtert, daß es ein Junge war, dann starb er rasch an einer Fischvergiftung.

Und wie man lernte, daß es keine Rechtfertigungen gab vor den Eltern, daß man ihr Wohlwollen nicht erwerben konnte, weil sie es nicht zuließen, notfalls an einem verdorbenen Lachs sich den Tod holten, daß man im

er war Berliner, ein Riese mit einem albernen Schnauzbart, der schlechten offenen Wein ausschenkte, eigentlich aber guten Wein liebte und seine Stammgäste manchmal zu einem Glas einlud. Er murrte, denn seine Flaschen verkaufte er normalerweise nicht, dann ging er aber doch in den Keller, holte einen französischen Rotwein, ich weiß nicht mehr, was es war, forderte dafür vierzig Mark, um mich abzuschrecken, aber ich nickte sofort zustimmend und sah mich schon um, wen ich einladen wollte, mit mir den Wein zu trinken. Jan kam als einziger in Frage. Er saß alleine an einem Tisch, an einem großen Tisch, saß an der Ecke, auf der Kante seines Stuhls, als müßte er gleich aufspringen, nicht um zu gehen, sondern weil er gebraucht würde, und gleichzeitig wirkte er einsam, nicht unangenehm einsam, keinesfalls verloren, aber doch wie jemand, der nicht damit rechnet, daß sich noch etwas ändern wird.

Überhaupt ist sein Verhältnis zu seinem eigenen Alter seltsam. Solange ich ihn kenne, sieht er älter aus, als er tatsächlich ist, und gleichzeitig wirkt er wie ein junger Mann, der sich wieder und wieder vorsagt mit einer gewissen Verbissenheit, daß das ganze Leben noch vor ihm liegt. Es war sicher nicht Liebe auf den ersten Blick. Ich stellte mein Glas auf seinen Tisch und fragte, ob er mit mir anstoßen wolle, Pedro tauchte gerade mit der Flasche aus seinem Kellerloch auf, ich sagte Jan, dessen Namen ich noch nicht kannte, ich werde mein Medizinstudium abbrechen, darauf wolle ich mit ihm trinken, und er antwortete, er habe gerade das zweite Staatsexamen bestanden, in seinem Gesicht stritten Höflichkeit und Mißfallen miteinander, es war deutlich, daß er Schwule nicht mochte, auch in dieser Hinsicht haben wir nie zueinander gepaßt. Er forderte mich trotzdem auf, ich solle mich zu ihm setzen, und wir blieben, bis um vier Uhr morgens Pedro uns hinausschickte. Ich war schließlich betrunken und er vermutlich auch, aber ich bin sicher, daß ich ihm kein Wort von Lars erzählt habe, an diesem Abend nicht und auch später nicht, obwohl Lars noch Jahre in meinen Träumen auftauchte. Von Anfang an war es ein unausgesprochenes Abkommen, daß wir einander nichts verschwiegen und nichts erzählten, den Kommentar des anderen nicht herausforderten, und vielleicht sind wir einander nicht einmal nahe. Es war der Abend, an dem mir Jan vom Unfall seiner Eltern erzählte, die bei starkem Regen von der Autobahn abgekommen und, wie er sagte, in einem kleinen Wald verendet waren, man rief ihn, er solle sie identifizieren, man zeigte ihm auch Fotos von der Unfallstelle, Fotos, auf denen man erkennen konnte, wie beide unweit des Autos auf dem Waldboden nebeneinanderlagen, die Gesichter voneinander abgewandt, erzählte Jan, und immer sei an ihrem Tod etwas rätselhaft geblieben, denn die Schäden an ihrem Auto, einem neuen Volvo, waren so gering, daß man es leicht reparieren konnte, und als wir uns kennenlernten, fuhr Jan noch immer diesen flaschengrünen Volvo, während er ihr Haus, sein Elternhaus, sofort verkauft hatte. Als wir uns kennenlernten, trug er in der Brieftasche noch ein Foto von dem Haus in Lichterfelde, das er mit allem Inhalt verkauft hatte, die Biedermeiermöbel waren Entschädigung dafür, daß die neuen Besitzer alle Papiere, alle Kleider, jedwede persönliche Habe bis zum Lippenstift von Jans Mutter ausräumen lassen mußten, sie kauften ein Gespensterhaus, und als zehn Jahre später Jan sich dafür interessierte, was aus ih-

Unglück nur wieder den abschätzigen Blick spürte.

Vor Kummer über den Tod ihres Mannes verlor Claras Mutter das Gedächtnis, so daß sie sich an einen Enkel, den sie doch mehrere Male in den Armen gehalten, nicht erinnern konnte, und als die Enkeltochter geboren wurde, hatte sie vergessen, wie man ein Baby im Arm hält.

Clara konnte nicht schwimmen, viel weniger übers Wasser laufen, obwohl sie immer leichter geworden war.

Und das war es eben, das Schmerzliche und Schockierende: Es kam nicht darauf an, was geschehen war. Was geschehen war, ließ sich in einen Satz fassen. Es löste nichts, kein Rätsel, kein Geheimnis, es erklärte nichts. Und selbst wenn am Ende der Tod stand, war nichts dadurch geklärt, wollte Anton seinen Patienten erklären, die zu ihm kamen und jammerten, daß sie sterben müßten. Es gab diese Patienten. Sie hatten recht, nicht weil alle eines Tages sterben mußten, sondern weil es Patienten waren, die schwere Krankheiten mit sich herumtrugen, wie ein Kind eine Kastanie oder einen seltsam geformten Stein mit sich herumtrug, sie zogen ihn alle Augenblicke aus der Tasche und wollten ihn herzeigen, dann schauten sie erwartungsvoll, als müßte die endgültige und erlösende Erklärung kommen. Er spürte in solchen Augenblicken sein Gesicht, all die kleinen Muskeln, die alarmiert waren, weil soviel von ihnen abhing, ob er verständig aussah oder nicht, ob er den anderen würde trösten können.

Es war seltsam, sich nicht mehr vorstellen zu können, was man doch selber erfahren, was man mit eigenen Augen gesehen hatte, aber wenn es noch einmal vorkam, daß Jan von dem Unfall seiner Eltern erzählte, tat er es präzise und sogar anschaulich, die Szene hatte aber für ihn selbst an Glaubwürdigkeit verloren. Natürlich zweifelte er nicht an der Wahrheit dessen, was er erinnerte. Seine Eltern waren tatsächlich tot und tatsächlich bei einem Unfall umgekommen.

Aber in dem Moment, in dem er aussprach, was doch nichts als die Wahrheit war, sich für die Wahrheit dessen, was er sagte, verbürgte, fühlte er sich durchsichtig, substanzlos werden, und sein Gesicht eine Maske. Es ist zu lange her, dachte er, etwas, das vor so langer Zeit geschehen ist, gilt nicht mehr als Ursache für irgend etwas, nicht einmal als Ursache für eine Erinnerung. Und Jan wußte, daß dieser Gedanke seine ganze Arbeit als Psychoanalytiker absurd erscheinen ließ.

Durch Zufall las Bernd vier Jahre später eine Zeitungsnotiz, die nen geworden war, fand er heraus, daß der Mann kurz nach dem Einzug an Alzheimer erkrankt war.

Mitleid habe ich mit Jan nie empfunden, aber ich habe ihn als Waisen angesehen, obwohl er doch Mitte Zwanzig war, so alt wie ich auch. Und wahrscheinlich paßten wir so gut zueinander, weil wir beide uns eine Art Wahlfamilie wünschten, Freunde, deren Loyalität und Zuneigung nie wieder auf dem Spiel stehen müßten. Ich war schwach, Jan weder schwach noch stark, er hat sich damals schon geweigert, eines von beiden zu sein, Sieger oder Verlierer, glücklich oder unglücklich, und dafür bewundere ich ihn.

An dem Abend, an dem wir uns kennenlernten, redeten wir über das Medizinstudium und den Arztberuf, von meinem Kindertraum, Landarzt zu werden, von seiner Hoffnung, an der Charité zu arbeiten, als Ordinarius, beides ist anders geworden, als wir es uns ausgemalt haben, und ich weiß nicht, ob wir darüber froh sein sollen oder nicht, ob es nicht ein Glück ist, daß wir selbständig sind, Jan mit seiner psychotherapeutischen Praxis und ich mit meinem Buchladen. Und auch Anton, Jans bester Freund, den ich am nächsten Tag kennenlernte, hat sich selbständig gemacht, zusammen mit Onur, einem türkischen Kollegen, betreibt er seine Praxis in der Nähe des Kottbusser Tors, und obwohl er soviel arbeitet und wenig Geld verdient, ist er zufrieden.

Als einziger von uns hatte er nie andere Träume, er hat uns immer geduldig zugehört, wenn wir darüber sprachen, was wir uns erwarteten, und er hat sich daran nicht beteiligt, er hat gesagt, er wünsche sich eine Familie, wir fanden seinen Wunsch bescheiden, und doch hat auch sein

Wunsch sich bislang nicht erfüllt, ohne daß sich einer von uns erklären könnte warum, denn sicherlich ist Anton von uns dreien der ausgeglichenste und liebenswürdigste, er sieht gut aus, er ist derjenige, der Tennis spielt und Basketball, er geht ins Theater, er hört anderen zu, und es macht ihm nichts aus, zu tun, was sie ihm sagen. Jahre haben wir gedacht, es sei ja nur eine Frage der Zeit, bis er eine Frau findet, bis er Vater wird, und jetzt, wo wir alle Mitte Vierzig sind, glauben wir nicht mehr daran, auch wenn wir nicht darüber sprechen.

Wie wir uns verabredet haben, Jan und ich, daran erinnere ich mich nicht mehr, ob wir Telefonnummern ausgetauscht oder gleich etwas vereinbart haben. Am nächsten Tag schon lernte ich Anton kennen. Die Wochen nach unserer ersten Begegnung haben wir zu dritt verbracht, wir sind ins Prinzenbad schwimmen gegangen und im Wannsee, wir haben uns im Café getroffen und mehrere Zeitungen täglich gelesen, und als im November die Mauer geöffnet wurde, liefen wir tagelang durch Ostberlin, Anton mietete sich sogar eine Wohnung im Prenzlauer Berg. Die beiden absolvierten ihr Praktisches Jahr im Virchow-Krankenhaus, abends kochte ich für sie, tagsüber las ich, ich vertat meine Tage, die Wochen und sogar Jahre, bis ich endlich, sechs Jahre ist das her, einen Buchladen aufmachte. Diese erste war eine glückliche Zeit für uns drei. Einmal habe ich vorgeschlagen, wir sollten doch zusammenziehen. Jan brachte eine komplizierte Erklärung vor, warum das nicht sinnvoll sei. Anton renovierte damals gerade eine Wohnung, in der wir alle drei leicht Platz gefunden hätten, aber er hoffte täglich, endlich die Frau zu finden, mit der er Kinder haben würde, und folglich hatte er den Tod des Kneipenwirts Pedro zum Inhalt hatte, eine Zeitungsnotiz, die eigentlich unrecht war, denn man hätte Pedro, der mit richtigem Namen Arnold Glauber hieß, für seinen Mut auszeichnen müssen. Es hatte aber keinen Zeugen gegeben, als er einen pöbelnden Autofahrer aufforderte, sein Opfer, einen vietnamesischen Halbwüchsigen namens Kim L., gefälligst in Ruhe zu lassen ... Der Autofahrer tat schließlich, als habe er sich gefangen. Doch als Pedro hinter seinem Auto die Straße überquerte, legte er den Rückwärtsgang ein und überfuhr ihn. Danach beging er Fahrerflucht. Die Polizei nahm an, es handele sich um einen Unfall mit Fahrerflucht. Kim, dessen Eltern ihn täglich ermahnten, nichts zu tun, was seine Einbürgerung gefährden könne, meldete sich nicht bei der Polizei, als Zeugen gesucht wurden. Er hatte Pedro blutüberströmt daliegen sehen. Erst war er weggelaufen, dann war er zurückgekehrt und hatte ihm, der gerade noch atmete, das Schlaflied vorgesungen, das seine Mutter ihm jeden Abend vorgesungen hatte, bis er zehn Jahre alt geworden war. Schlaf, Kindlein, schlaf ... Sie hatte es ihm vorgesungen, weil es das einzige Lied war, das sie auf deutsch kannte.

Dann war Kim aufgestanden und weggegangen, immer weiter singend. Die Mutter schüttelt 's Bäumelein, da fällt herab ein Träumelein ...

All das konnte Bernd nicht erfahren, da es in der Zeitung nicht zu lesen war, er beklagte nur allgemein diesen Tod, der so überflüssig schien, überfahren nächtens von einem Auto, das rückwärts fuhr.

Johannes Wang Li träumte noch immer davon, daß sie alle drei, alle drei Geschwister, gemeinsam in dem Restaurant arbeiteten, und wann immer Georg Tung um Geld bat, weil er eine neue Ausbildung, ein neues Projekt anfangen wollte, redete Johannes ihm zu, er solle eine Kochlehre machen. Du willst reich werden, dann werde hier reich. Du erbst das Restaurant, wenn wir sterben. Du kannst schon vorher die Hälfte des Gewinns bekommen, Mai Linh und ich brauchen nicht soviel, sagte er ihm, was brauchen wir schon, die Miete, das ist alles, und Mai Linh will irgendwann in die Heimat fahren, zum Grab ihrer Tochter, nun gut, da sind die Kosten für das Flugticket, und dann wird sie in einem Hotel wohnen, nicht bei der Familie ihres Mannes, und sie wird vielleicht eine Scheidung wollen, aber das ist nicht so wichtig, nach dreißig Jahren, mach dir keine Sorgen, und alles übrige ist für dich, wir brauchen immer einen guten Koch, Hai ist eine gute Köchin, sie gehört zur Familie, aber wer weiß, wie lange sie bleibt, und falls sie geht, was dann?

doch keinen Platz für uns. So war es gut, wenn man es im nachhinein betrachtet. Wir sind uns von Herzen zugetan, wir sind uns nie zu nah gerückt und werden dabei bleiben.

Und Alix kam dazu. Wieder trafen wir uns alle zwei oder drei Tage, es verging kein Wochenende, ohne daß wir einen Besuch am Elvirasteig gemacht hätten, erzählte ich Clara, als wäre es eine Geschichte, die sie noch nie gehört hatte, als wäre sie ein Kind, das ich beschwichtigen wollte mit einer Geschichte, einer Geschichte von Liebe und Treue, dachte ich spöttisch, um gegen eine seltsame Rührung anzukämpfen. Wir gingen nicht ganz um den See herum, nach einer knappen Stunde waren wir wieder zu Hause, Clara setzte den Kaffee auf und bat mich, aus der Speisekammer den Streuselkuchen zu holen, den sie am Vortag gebacken hatte, und wir deckten gemeinsam den Tisch; Jan und Heinrich kamen durch den Garten, blieben, im Gespräch, noch einen Moment vor der Tür stehen, und ich ging hinauf, um Alix zu wecken, die aber nicht schlief, sondern mit wachen und unruhigen Augen auf dem Bett lag, in ihrem alten Kinderzimmer.

Als wir um den Kaffeetisch saßen, waren wir alle befangen, ich glaube, es lag daran, daß Anton fehlte. Aber wir beschlossen trotzdem, daß wir auch in Zukunft einmal im Monat im Restaurant essen gehen würden. Mein Vorschlag war es gewesen auszugehen, doch als Clara, mit einem seltsamen Blick auf mich, sagte, sie fände es eine schöne Abwechslung, und schließlich seien wir alt genug, die beiden ganz Alten einzuladen – da wurde mir bange, und seither denke ich oft, daß ich Veränderungen eigentlich nicht mag.

2. Kapitel

Am ersten November jeden Jahres brachte Heinrich Barnow seiner Frau Clara einen großen Blumenstrauß, sie erwähnten beide nicht, daß ihre Hochzeit am fünften November stattgefunden, ein Jahr vor Heinrichs Ernennung zum Oberstaatsanwalt, Clara nahm an, daß er es ausreichend fand, ein Ereignis zu feiern; er brachte ihr Blumen, er wickelte sie vor der Haustüre aus dem Papier, oft waren es Dahlien und Rosen, man sah, daß er die Farben selber ausgesucht hatte. Während er ihr die Blumen überreichte, versteckte er das Papier hinter seinem Rücken. Dieses Jahr stand er im Blumenladen und zögerte. Die Dahlien, weiße und gelbe Dahlien, waren prächtig, und es gab gelbe Rosen, aber das war nicht passend in diesem Jahr. Er betrachtete den Storchenschnabel, die Lilien rochen zu stark, Clara mochte Lilien nicht, in den Regalen standen große Messingvasen, auf dem Boden war noch ein Eimer mit verspäteten Sonnenblumen, aber der Herbst war beinahe schon vorbei, und Sonnenblumen waren nicht feierlich genug, denn er wollte feierlich sein, unauffällig betrachtete er sein Bild in der Fensterscheibe, die ihn aber nur blaß wiedergab, ohne Aussagekraft, dachte er, und dann entschied er sich für Rosen. Die Verkäuferin, seit sieben oder acht Jahren dieselbe Person in einer blauen Schürze und mit geschwollenen Tränensäcken, folgte ihm mit schlurfenden Schritten und stellte sich neben ihn.

Clara erinnerte sich, wie es begonnen hatte, als Alix acht Jahre alt geworden war, es gab damals noch Gäste im Haus, Gäste, die mit Heinrich im Wohnzimmer ungehört sich besprachen, und doch waren sie nicht ungehört, denn die Achtjährige wußte Einzelheiten wiederzugeben, tat es unbefangen, fragte neugierig weiter, ins fassungslose Gesicht des Vaters hinein, unschuldig und unbefangen, warum der eine einen anderen erstochen, warum die Frau mit nacktem Unterleib, warum die Kleidungsstücke nicht nur zerfetzt, sondern auch zerrissen,

jetzt dachte, während sie die Füße voreinander setzte, die Neige des abschüssigen Wegs erreichte, Clara, das einzige, was von einer Ermordeten geblieben, daß ein kleines Mädchen unbeabsichtigt gehört, was ihr Papa, der Staatsanwalt, einem Strafverteidiger beschrieben, und wie darauf folgend ein Streit zu eskalieren drohte, denn das Kind beharrte bockig und beteuerte eine Woche lang, es habe keinesfalls an einer Tür gelauscht, wurde zur Strafe in sein Zimmer eingesperrt, und wie zum Beweis wiederholte Alix die Gespräche ihrer Eltern aus dem Wohnzimmer, behielt sich en détail, was dort besprochen, mit lauter Stimme, denn Clara war nicht einverstanden, für diesmal wehrte sie sich gegen ihren Mann und gegen seine Strafe, sie hielt das Kind für unschuldig, das Kind ist ohne Schuld, sagte sie, und Alix fragte, was das heiße, unschuldig und ohne Schuld,

die Wahrheit aber war, daß Clara sich nicht erinnerte, was die Fortsetzung dieses Streits, so wie ein Tag den anderen auszulöschen schien, nur daß sie sich erinnerte, bange gewesen zu sein, daß ihre Tochter hörte, was sie nicht hören sollte, durch Wände hörte, meterweit hörte, allzuweit hörte, doch wer hätte gewagt, zum Arzt zu gehen mit solch einer Beschwerde, das Kind hat allzu gute Ohren, nein, sie belauscht uns nicht, sie hörte alles von ganz alleine.

Immer die Viertelsekunde, immer das Vierteljahr oder -jahrzehnt zu spät, immer erst dann, wenn es nicht mehr darauf ankommt, immer dann tut Alix etwas,
dachte Jan, es war ungerecht, er wußte es, und doch, auch wenn sie stets hilfsbereit war, auch wenn Abend für Abend etwas zu essen vorbereitet, wenn die Woh-

Na, Rosen jetzt, sagte sie ohne Zusammenhang. Jetzt, wo doch alles mit dem Geld nich' mehr tut. Ich hab' noch nie so viele Rosen verkauft, abgesehen vom Valentinstag. Und Ihre Frau Tochter war auch schon da.

Meine Tochter? fragte Heinrich überrascht.

Na hören Sie, ich hab' doch früher im Bäckerladen gearbeitet, da kenn' ich Sie ja alle. Erst Brötchen, dann Blumen. Fehlen noch Butter und Buletten, sagt mein Mann.

Ich wußte nicht, daß Alix hier Blumen kauft, sagte Heinrich lahm.

Fast jede Woche doch, sagte die Frau, für Ihre Gemahlin, nicht wahr.

Das kann sein, sagte Heinrich. Unten stehen immer Blumen.

Na und? Haben Sie gedacht, die sind von Ihnen?

Ach wo, wehrte Heinrich sich ärgerlich. Er hatte seine Tochter vergessen ... Es war ihm nie aufgefallen, daß er nur am Wochenende an Alix dachte. Heute war Mittwoch. Und selbst wenn er an Alix dachte, so vergaß er, daß sie seine Tochter war. Vielleicht hatte das auch, nach all den Jahren, keine Bedeutung mehr. Man müßte, sagte Heinrich, sich abmelden können von der Familie, sehen Sie, wenn das eigene Leben so angefüllt ist mit Lebensgeschichten, verliert man ein bißchen das Interesse, nicht wahr? Er hatte als scharfsinnig gegolten, auch als witzig, an seinen Fähigkeiten hatte niemals jemand gezweifelt.

Wissen Sie, die unzähligen Familiengeschichten und Leidensgeschichten, daneben verblaßt das Eigene doch. Wenn Jan ihn fragte, wehrte er ab, undenkbar war, daß seine Frau Clara oder seine Tochter Alix ihn befragten, Bernd war der Vertraute seiner Frau, und nur Anton gegenüber ließ er sich hinreißen, denn für Anton kam derlei, Vertraulichkeiten auf Kosten anderer, wie Heinrich es nannte, keinesfalls in Frage, undenkbar, daß er sich wichtig machte mit den Geschichten der Patienten, mit ihrem Leiden.

Zur Untätigkeit verdammt zu sein, sagte er halblaut, und er sah zu, wie die Frau ein Stück Papier abriß, mit einer Drehung der Hand um die Blumen wickelte.

Also wissen Sie, sagte sie, ich wär' ganz gerne zur Untätigkeit verdammt, vor allem im Winter.

Können Sie mir noch einen Strauß geben? fragte Heinrich plötzlich. Einen zweiten Strauß?

Für Ihre Frau Tochter? fragte die Frau. Rosen? Nein, sagte Heinrich, ja, Rosen, sagte er, warum nicht.

Er versuchte, beide Sträuße in einer Hand zu halten. Er würde den zweiten Strauß Alix geben.

Allerdings war es Mittwoch.

Mit zwei Blumensträußen in der Hand kam er sich auffällig vor. Auch war nicht klar, wohin er gehen sollte.

Er war in die Onkel-Tom-Straße eingebogen und stand vor dem Friedhof Zehlendorf, das Tor war offen, er schob es mit der Schulter auf und lief zwischen den Gräberreihen, betrachtete die alten Gräber, die meisten noch gepflegt, dann sah er das frische Grab von einer Frau, der ganze Name stand auf dem Holzkreuz nicht geschrieben, Helene stand da nur und das Geburts- und Sterbejahr, sie war zweiundfünfzig Jahre alt geworden, es waren aber nur wenige Blumen da, und Heinrich zögerte, er sah sich um, wie er es von seinen Tätern kannte, das sind Menschen, hatte er stets gesagt, die argwöhnisch über die Schultern schauen, das sind diejenigen, die allen Grund dazu haben, immer geradeaus, erinnerte er sich, hatte

nung in Ordnung gehalten war,

jemand, der die anderen die Kastanien aus dem Feuer holen läßt,

es war ungerecht,

andere hielten für Stil, was Ahnungslosigkeit und Gleichgültigkeit war, auch das war ungerecht, und wenn Alix beliebt war, so deshalb, weil sie niemandem den Platz wegnahm, dachte Anton, das war es, was Jan geahnt hatte, Jan, der in all seiner Zurückhaltung derjenige war, der fürchtete, er werde verdrängt werden, der Stuhl werde besetzt sein,

weißt du, diese Bewerbungsgespräche, hatte Bernd gesagt, als er sich auf jede auch nur halbwegs plausible Stelle beworben hatte, wo du eigentlich die Reise nach Jerusalem spielen solltest, einmal mit, einmal ohne Springmesser,

aber kann man jemandem übelnehmen, fragte sich Jan, daß er nichts für sich will oder doch jedenfalls nicht unbedingt, daß sie sich folglich nie vordrängt?

Er mußte immer von »seiner Liebe« sprechen, sagte er Anton, nie sprach er von »unserer Liebe«,

als lebte man eine Geschichte für sich allein, die doch zwei mit einschließt,
zu Beginn seiner Liebe,

was für ein Gedanke, daß ihm das Leben verlorengegangen war und daß sich nichts widerrufen ließ, das, woran er sich erinnerte, war jener Sonntag mit Clara, er erinnerte sich an sein Begehren, an die Farbe des Rasens, unter dem Rosenstrauch blühten kleine blaßblaue Blumen, es roch zum ersten Mal nach heißem Gras, er wollte Clara ausziehen, ihren nackten Körper, ihren weißen Po vor dem Grün sehen, den von der neuerlichen Schwangerschaft ermüdeten Körper, ihn reizte ihre Schamhaftigkeit.

Daß man im Augenblick der Lust alles vergaß oder, schlimmer noch, nicht vergaß, daß es aber an Wirklichkeit verlor und wie man willentlich gelähmt war, er hatte Friedrich nicht gehört, weder seine Schritte über den abschüssigen Rasen noch wie er, sich hoch hinauf reckend und ungeschickt, das Gartentor geöffnet hatte, dann aber hatte er etwas gehört, die Stimme, wie der Junge vor sich hin keckerte, ein Geräusch, das auch ihm, Heinrich, bekannt war,

er hatte eine Entscheidung getroffen, betört, erregt, es werde Zeit genug sein, nach dem Kind zu schauen, vielleicht hatte er sich sogar beeilt, nur ein paar Minuten hatten sie nebeneinandergelegen, dann hatte Clara rasch ihren Rock übergezogen, die Unterhose angezogen und war durch den Garten gelaufen, rufend,

er Alix gesagt und das Kindergesicht unter dem Kinn gefaßt, um es zu richten, immer den Kopf hoch und geradeaus gucken. Hinter ihm war niemand. Er legte einen Strauß an das Kreuz, neben einen Kranz und einen Blumentopf mit Astern. Dann ging er rasch weiter.

Es war nicht so, daß er keine Sehnsüchte gehabt hatte, aber wo sie aufgetreten waren, hatte er nicht ganz gewußt, was damit zu tun wäre. Wenn er einmal nachts wach lag, was selten vorkam, konnte ihm einfallen, daß er viel von seinem Leben zum falschen Zeitpunkt erlebt hatte. Es war nicht seine Schuld. Clara hätte nicht schwanger werden dürfen, nicht damals, als er vor allem an seinen Beruf gedacht hatte. Und dann der Tod des Erstgeborenen, aber das war ein Gedanke, der bloß aufblitzte wie eine dünne Spur, die ins Leere führte. Es war gerade gewesen, als er sich mit dem Gedanken ins Benehmen gesetzt hatte, als frischer Oberstaatsanwalt einen Sohn zu haben. Der Sohn war weg. Dafür nur Monate später die Tochter, was als zweites Kind gut gewesen wäre, als einziges aber etwas von Niederlage hatte. Und dann war Alix ein merkwürdiges Baby gewesen, das sich den wenigen Versuchen des Vaters, es zu kosen, energisch widersetzt hatte. Alix war für sich von Anfang an und ebenso von Anfang überempfindlich gegen alle Geräusche. Ihr Vater war ihr zu laut, seine Stimme hatte etwas für Gerichtssäle. Wände hielten dagegen nicht, wußte Heinrich, und im Rückblick war ihm das zuweilen auch nicht recht. Er sprach dann leise, zu leise für seine Frau Clara, aber nur für kurz. Ihre Ehe war regelmäßig verlaufen. Nach Jahren des vorsichtigsten Umgangs, der den Kummer um das gestorbene Kind lindern sollte, wäre wohl eine erneute Annäherung möglich gewesen. Aber sie hatten einander verpaßt. Erst Heinrich seine Frau, dann Clara ihren Gatten. Das einzige Mal, daß sie eine günstige Gelegenheit beide gleich erkannt und beim Schopf gepackt hatten, war der Antrittsbesuch ihres künftigen Schwiegersohnes mit Freunden gewesen. Nicht nur, daß die drei jungen Männer jeden Sonntag zum Essen kamen. Sie hatten überhaupt Anlaß gegeben, die Tür wieder zu öffnen, gerade rechtzeitig vor der Pensionierung. So gab es zwar nicht viele, aber doch Einladungen. Und ihnen blieb erspart, im Alter einsam zu werden. Am Samstag kaufte Heinrich mit seiner Frau sogar für die gemeinsamen Sonntagsessen ein, er trug dazu einen Rucksack, was ihm lächerlich erschienen war, als er es bei anderen gesehen hatte. Gerade eben hielt er sich zurück vorzuschlagen, was Clara kochen könnte. Es kam aber vor, daß er das Obst auswählte.

Es kam vor, daß er seine eigenen Hände sah, wie sie sich nach etwas ausstreckten. Das war das Alter. Verloren ging, daß man sich selber selbstverständlich war. Der erste Ausläufer von Fremdheit war das, man mußte zugeben, es waren Abgesandte des Todes. Anders als erwartet, addierte sich, was ihn überraschte, während er damit gerechnet hatte, ungerührt zu bleiben.

Und dann, heimlich, kamen Erinnerungen. Oh, er erinnerte sich an die Aufmärsche der Nazis. Er erinnerte sich, wie stolz er gewesen war, als er die Uniform der Hitlerjugend trug. Er erinnerte sich, eine Frau gesehen zu haben mit einem gelben Stern und daß er mit seinem Freund Dieter getuschelt hatte ...

Er erinnerte sich auch an den Rausch danach, als alles nur noch aus Teilen bestand und Dieter

wie Heinrich hörte, den Namen des Kindes rufend,

mit heller Stimme erst, der nur Heinrich anhörte, daß Clara verlegen war, auf ihr Kind nicht achtgegeben zu haben, um sich von ihrem Mann vögeln zu lassen,

verlegen, aber mit heller Stimme erst, dann dringlich, sie hatte das Gartentor wohl erreicht und hatte es offen gefunden,

wie von einem bösen Geist getrieben, und die leise böse Anweisung Heinrichs, sie solle dafür sorgen, daß das Kind schweige, er habe anderntags einen Gerichtstermin, konnte sie nicht hören, selbst wenn sie Alix ins Kinderzimmer legte (in das Bettchen ihres Bruders) und die Türe schloß, konnte sie nicht hören, weil in ihren Ohren das Geschrei ihres Babys forthallte, aber sie wußte, was er von ihr forderte, sie solle ihre Idee aufgeben, die Idee eines Hauses voller Kinder und Kindergeschrei und -gelächter, eines Hauses, dessen Türen offenstanden, eines Gartens, in dem Alix mit ihren Geschwistern schaukelte, sie hatte eine Schaukel gekauft und einen Sandkasten bestellt,

eines Tages hatte vor dem Haus ein Lastwagen gehalten voller Sand, kurz nach Alix' viertem Geburtstag, Clara und Alix waren nicht zu Hause gewesen, und

Heinrich hatte den Mann mit seinem Holzgestell und seiner Fuhre fortgeschickt, er verlor kein Wort darüber, forderte umgehend das Geld zurück, auf sein Konto, eine Kopie des entsprechenden Briefes legte er auf Claras Sekretär, ein Erbstück ihrer Großmutter.

Er hat mir erzählt, sagte Jan seinem Freund Anton beim Mittagessen und sprach über den letzten Patienten vor der Mittagspause, die schlimmste Empfindung sei die der Demütigung, das Übliche, wenn ein Kind geschlagen wird, nicht so sehr der Schmerz, der traumatisiert und so weiter, Anton hatte die Karte in der Hand, suchte nach einem passenden Getränk und nickte,

und da die Kellnerin kam, brach Jan ab, Anton fragte nicht nach,

er dachte, sie kannten beide Demütigungen vielleicht nicht, keine anderen als die enttäuschter Liebe in der Adoleszenz und später, keine anderen als die bei einem Examen, keine anderen als die alltäglicher Unfreundlichkeit, die einen manchmal so tief traf, daß man ein paar Stunden brauchte, sich davon zu erholen, während man spürte, daß etwas zurückblieb, ein weiteres Partikel im anwachsenden Narbengewebe, gegen das sich, dachte Anton, kein vernünftiger Mensch zur Wehr setzte,

aber die Schmerzen waren

sagte, man könne sich selbst aus den Teilen zusammensetzen, sie waren in Köln gewesen, in Frankfurt, in Stuttgart, sie hatten nachts getanzt, suchten die Clubs, tanzten, bis sie vor Hunger beinahe umfielen, dann hatte Heinrich angefangen, als Eintänzer zu verdienen, die schärfste Auseinandersetzung, die beinahe mit einer Schlägerei geendet, als Dieter vor ihm stand, hilflos vor Zorn, erstickt, da er, schneller als Heinrich, begriff, es gab nichts zu sagen, es hatte sich ausgesagt, nicht einmal eine Anklage blieb, wo keine Verteidigung in Frage kam. Denn Dieter hatte Heinrich vorhergesagt, er werde zu denen gehören, die im Etablierten nicht mehr nachfragten, wer bei den Nazis auf dem Schoß gesessen; da studierten die beiden schon Jura in Heidelberg. Später war Dieter bei Fritz Bauer Assistent gewesen. Und Heinrichs Vater, über den sie sich zerstritten, war ins Grab gesunken, mitsamt seiner Sehnsucht nach dem Dritten Reich. Danach war Heinrich nicht mehr barmherzig. Und konnte er sich nicht seiner Sache sicher sein, da der Vater seiner künftigen Ehefrau immer energisch gegen die Hitlerei und gegen ihre Seßhaftigkeit in Ämtern gewesen war?

Es blieb aber etwas wie ein Riß, oder auch weniger als das, ein immer wiederkehrender, spitzer Gedanke.

Er dachte, daß ein weiterer November vor ihm lag und daß ein weiterer Winter zu überstehen war, die Dunkelheit, die er früher lustig gefunden hatte, um Clara zu ärgern, die heimlich darunter litt, wenn das Licht weniger wurde, die jeden Morgen, den sie Alix aufwecken mußte, damit Alix rechtzeitig zur Schule kam, eine halbe Stunde zuvor im Bad stand, im dunklen Bad, auf jeden

Schimmer Licht wartete und mit aller Macht sich sammelte, bevor sie Alix rief, Heinrich war dann schon wach gewesen, aber er war später aufgestanden. Selten, daß er so früh ans Gericht mußte. Er stand nicht gerne auf. Er mochte nicht, wenn darauf angespielt wurde. Es war eine kleine heimliche Schwäche und Faulheit, der er mit zehn Minuten allmorgendlich entgegenkam, und am Wochenende war es wenige Male vorgekommen, daß er liegengeblieben war.

Sobald er sich aufgerichtet hatte im Bett, war er allerdings wach. Er erwartete von Clara, daß sie nicht unter Stimmungen leide. Kam Alix zum Frühstück an den Tisch, saß er schon da und las die Zeitung, die Frankfurter Allgemeine, keine Lokalzeitung. Er hatte gescherzt, wenn es noch dunkel war. Und daß man, wenn er seine Tochter zur Schule fuhr im Winter, im Dunklen Clara zurückließ, in einer Eiseskälte, in der Wölfe ums Haus zu heulen schienen und manchmal tatsächlich Wildschweine in der Dämmerung auftauchten.

Die kalten Winter waren wohl vorüber. Es wurde deswegen morgens aber nicht heller. Die kahlen Bäume, deren Silhouetten ihm einmal gefallen hatten, mochte er nicht mehr. Sie waren ärmlich wie er selber, wenn er in den Spiegel schaute, über den Rippen die dünne Haut sah, voller Altersflecken, und sich erinnerte, daß er, trotz seiner Magerkeit, einen anziehenden Körper gehabt, den Clara begehrt hatte, so sehr, daß sie sich ihm jederzeit und überall hingegeben hatte, wie an jenem Sommernachmittag, der in so unendlich weiter Ferne zu liegen schien.

Das Begehren lag weit zurück, aber sie waren ein gutes Paar alles in allem, obwohl sie einander kaum noch nahe waren. Es gab einen Zusammenschwerer zu ertragen als physische, sogar seelische, wenn sie nur zugefügt wurden mit ungefährer Absicht,

wogegen unbegreiflich blieb, was nicht aus Verworfenheit, nicht aus Mißachtung geschah, sondern gleichgültig, nebenher, eine Ohrfeige, die nicht strafte oder Schmerz zufügen wollte, sondern verwarf, daß es sich lohnte, zu leben, aufzubegehren, glücklich zu sein.

Ob Heinrich wollte oder nicht, ein Teil seiner Gedanken war damit beschäftigt, den Schuldigen zu suchen. Es gab Schuldige. In all der Unachtsamkeit und Grausamkeit gab es Schuldige. Wenn Tag für Tag, Stunde um Stunde das Leben mißlang, dann gab es Schuldige. Vor Gericht schlug man eine schmale Bresche in ein zügellos wucherndes Gestrüpp. Er hatte manchmal gewußt, daß es nur Stellvertreter waren, die verurteilt wurden. Er hatte immer gefürchtet, eines Tages werde ans Licht kommen, daß er zu Unrecht jemanden angeklagt, daß durch ihn jemand zu Unrecht verurteilt worden.

Nichts ließ sich dann rückgängig machen. Und selbst der Tod war kein Entkommen.

Es gab in jedem Menschen einen tiefsten Punkt Scham und Angst, und manchmal fürchtete Heinrich, nach dem Tod wäre es gerade dies, was übrigbliebe.

Heinrich hatte von keiner Art Glauben je etwas gehalten. Jetzt aber lauschte er manchmal Sätzen, die woher auch immer zu ihm klangen. Fürchtet euch nicht. Dieser Satz schien ihm etwas Ungeheures. Und er träumte. Er sah die Schutzmantelmadonna, den blauroten Mantel. Wo hatte er sie nur gesehen? Es gab doch keine katholische Kirche in der Nähe, überhaupt war er seit Jahren nicht in einer Kirche gewesen

Jan war es, der vor allen anderen Veränderung haßte. Er hatte damals den Telefonhörer abgenommen und die Unglücksnachricht gehört. Er kam nach Hause, der Tisch war gedeckt, aber Alix war nicht da, und nur die Tatsache, daß Calypso auf dem Sofa lag und schläfrig ihre Augen auf ihn richtete, gab ihm die Kraft zu warten, bis Alix zurückkehrte. Er fürchtete jeden Tag seines Lebens um das, was sein Leben und seine Hoffnung war. Alles drehte sich um Alix.

halt. Sie würden gemeinsam in dem Haus bleiben, bis einer von ihnen starb.

Die einzelnen Sachen ließen sich nicht mehr trennen, Beruf, Ehe, die Tochter, alles war in eins geraten, wenn er zurückdachte, und das war es, was ihn ebenso zufrieden wie unruhig sein ließ. War da noch ein Rest? Ein Lebensrest? Und wenn ja, wozu diente er? Gab es noch eine Aufgabe?

Er war aus der Ruhe gebracht. Wozu hatte er zwei Blumensträuße gekauft? Bis er Alix am Sonntag sehen würde, wären die Blumen längst nicht mehr frisch gewesen. Er hatte recht getan, sie auf das Grab zu legen. Und doch war ihm etwas an den Händen geblieben, die Kälte der Blumenstengel, die Wassertropfen, er wischte die Hand ab. Von hier war er rasch zu Hause, er wollte aber noch nicht nach Hause. Er dachte, daß er Hunger hatte. In zwei Wochen würden sie wieder, wie beschlossen, in das vietnamesische Restaurant gehen, statt zu Hause zu essen. Das Essen war ausgezeichnet gewesen. In der Nähe des Gerichts hatte er schon vietnamesisch gegessen, aber das waren kleine, schnelle Imbisse, von kleinen, ängstlichen Kellnern serviert, und immer hatten diese Kneipen etwas Tristes mit ihren Tigern und Kranichen und Laternen.

In ein derart weit entferntes Land war er nicht gereist, überhaupt nie weiter als in die USA. Vietnam kam ihm nicht in den Sinn. Das Land bestand aus Reisfeldern und zerstörten Wäldern, in denen verängstigte und verstümmelte Menschen sich versteckten. Es wäre geschmacklos gewesen, in solch ein Land zu verreisen als Tourist; merkwürdig genug, ein Essen zu sich zu nehmen, ohne die Landschaft zu kennen, aus der es stammte.

Er war sich, da das Essen vietnamesisch und thai-

ländisch war, nicht sicher, ob die Kellner alle
Vietnamesen waren. Aber er erinnerte sich genau
an das Gesicht der Frau, die sie bedient hatte, voller Würde, weich und anmutig.

Einen Moment bedauerte er, die Blumen doch
nicht mehr zu haben, er hätte sie Alix nach Schöneberg bringen können. Nun aber genierte er sich
zurückzugehen, um sie von dem Grab der Unbekannten wieder wegzunehmen, und da er den
nordwestlichen Ausgang des Friedhofs erreicht
hatte, bog er in die Sven-Hedin-Straße, um nach
Hause zu laufen. Er war enttäuscht, ohne zu wissen warum.

3. Kapitel

Anton hatte gelernt, daß »Krankheit« für viele Einwanderer ein Name war, der Name weniger eines körperlichen Zustandes als einer bürokratischen Gegebenheit, etwas, das von höherer Stelle verordnet und kaum zu beklagen, jedenfalls nicht zu ändern war. Wenn endlich die Leute zu ihm kamen, beschrieben sie einen schon unabänderlichen Zustand, und sogar in den Fällen, in denen sich Symptome und sogar die Krankheit selbst gut behandeln ließen, trat keine ernsthafte Besserung ein. Die Krankheit war der Preis für das Leben in der Fremde oder das Leiden an ihr. Und es war nicht Antons Aufgabe zu heilen. Seine Aufgabe war, die Schmerzen zu lindern, daß sie erträglich würden, und zu trösten. Er war Teil derjenigen Sicherheit, die in ausreichender medizinischer Versorgung bestand, einer der Gründe, das Heimatland zu verlassen, wo man vielleicht nicht krank geworden, keinesfalls aber versorgt worden wäre. Es war, auch nachdem er begriffen hatte, warum er bestimmte Patienten keinesfalls heilen konnte, schmerzlich, die Gesich-

Der November schien vor der Zeit angefangen zu haben, die Tage, einer grau und nieselig wie der andere, vergingen schier nicht, dann war Allerheiligen vorbei, dann näherte sich Sankt Martin, es regnete nicht viel, aber es regnete seit Ende Oktober, und man vergaß, wie es war, wenn man ohne Schirm, ohne Regenmantel, ohne feste Schuhe aus dem Haus ging, Mai Linh schaltete das Licht nicht mehr aus, sogar dann nicht, wenn es einmal hell genug war, daß sie in der Wohnung kein Licht brauchte, und sie saß dicht bei der Lampe, als müßte sie sich an den Lichtkegel schmiegen. Das Buch, das sie aus der Bibliothek geliehen und schon einmal verlängert hatte, las sie immer noch nicht. Sie hatte Bildbände ausgeliehen und zurückgebracht, als eben in dem Regal nahe des Ausgangs die Bibliothekarin neue Bücher einsortierte und fragte, ob Mai Linh sich nicht nach einer dieser Neuerscheinungen erkundigt habe, und da Mai Linh sich schämte, die Frage zu verneinen, hatte sie eines der Bücher mitgenommen. Sie las keine Romane. Sie las kaum noch, die meiste Zeit, die sie zu Hause verbrachte, saß sie still vor dem schwarzen Bildschirm des Fernsehers, manchmal drehte sie sich so, daß sie aus dem Fenster schauen konnte, es wuchs dort, auf der Hohenstaufenstraße, ein Ahorn, der schon alle Blätter verloren hatte. Wenn sie auf dem Sofa saß, sah sie die Zweige gegen den grauen Himmel, das nasse Holz reflektierte das Licht der Straßenlaternen, aber dann, spätestens wenn die Lampen eingeschaltet wurden, mußte Mai Linh aufbrechen ins Restaurant. Dreimal in der Woche war sie schon mittags da.

Falls ihr Bruder Wang krank war, sagte er es ihr nicht. Es war nicht nur die Gesichtsfarbe oder daß er eine so leise Stimme hatte, sondern wie er vergaß, was er einen Moment vorher gesagt hatte. Er hatte gesagt, er wolle heute keine Rettiche. Er hatte gesagt, das Huhn habe nicht gut ausgesehen. Ein paar Minuten später konnte er den Kühlschrank durchsuchen, er schwor, er habe fünf Kilo Hähnchenbrust mitgebracht. Er verlor die Selbstbeherrschung, wenn er keinen frischen Knoblauch fand. Mai Linh hatte niemals jemandem gesagt, daß sie sich vor ihm fürchtete, wie sie sich nur vor ihrem Ehemann gefürchtet hatte, als sie noch verheiratet gewesen war, so sehr, daß sie vor Erleichterung weinte, als sie erfuhr, daß er sie nicht nur verlassen hatte, sondern daß er nach Vietnam zurückgekehrt war. Allerdings hatte er ihre Tochter mitgenommen. Wochen glaubte sie es nicht. Er hatte sich nie für Maria interessiert, das Kind hatte ihn nicht geliebt. Auch Mai Linh selbst hatte er so wenig gehaßt, dachte sie, daß es keinen Grund gab, ihr die Tochter zu rauben. Wochen wartete sie auf Marias Rückkehr. Sie lauschte, ob jemand die Treppe heraufkam. Ihre Eltern hatten ihr gesagt, daß ihr Mann sie verlassen habe und daß sie das Haus nicht verlassen dürfe.

Entfernte Verwandte ihrer Mutter schrieben, daß Phu mit dem kleinen Mädchen aufgetaucht sei, sie dagelassen, nach einer Woche aber wieder abgeholt habe.

Wang hatte sie beschimpft, weil sie die Familienehre beschmutzte. In jenen Wochen war ihr kleiner Bruder Georg jede Woche zu ihr gekommen.

ter derer zu sehen, die voller stummer Hoffnung zu ihm kamen und die ihre Gesichter wieder davontrugen wie etwas, das keiner haben wollte.

Wang wußte, was seine größte Tugend war. Er war ein sanftmütiger Verlierer, er grollte nicht. Es war eine so lange Zeit gewesen, eine ebenso lange Reise wie die ins Totenreich, dachte er manchmal, den Groll, die Enttäuschung hinter sich zu lassen. Er hatte, irgendwann, als seine Eltern dabei waren zu sterben, gewußt, daß es keine Flucht gab. Einmal waren beide gleichzeitig im Krankenhaus gewesen, erst sein Vater, dann seine Mutter. Seine Mutter war am Freitagnachmittag von ihrem Besuch nicht zurückgekommen, sie war im Krankenhaus zusammengebrochen.

Man hatte ihn angerufen, und er hatte Mai Linh nicht verständigt, sondern war alleine im Laden geblieben. Er hatte den Lagerraum geputzt. Es brannte nur eine Glühbirne von vierzig Watt, die zweite Lampe war kaputt gewesen. Die Augen hatten ihm bald weh getan. Auf einem kleinen Holztisch reihte er Putzlappen nebeneinander. Irgendwo waren Motten. Er fand einen Karton, in dem tote Maden waren. Dann gab es mehrere Kartons, die an der hinteren Wand übereinandergestapelt waren.

Die Zeit war zäh wie das Licht

gewesen. In den Kartons fand er Kleider, Kleider, die vermutlich seiner Mutter gehört hatten, er fand Aktenordner, Hefte, die in ungelenker Schrift mit Deutschübungen gefüllt waren, Briefe aus Vietnam, die Geburtsanzeigen, mit denen seine Eltern Georgs Geburt hatten bekanntmachen wollen und die offenkundig aus irgendeinem Grund nicht verschickt worden waren. Dann gab es Heftchen des Wachtturm und ein Mitteilungsblatt der Gemeinde Sankt Matthäus. Im untersten Karton waren Schuhe, abgelaufene, schiefgetretene Schuhe. Wang dachte, er könne seinem Bruder Georg nicht wieder in die Augen sehen. Georg hatte recht. Das Leben ihrer Eltern war erbärmlich.

Heinrich hatte die Konzertkarten gekauft, wohl wissend, daß seine Frau Clara ihn nicht begleiten würde, sie hatten Jahre ein Abonnement für Kammermusik gehabt, die großen Symphoniekonzerte hatte Clara nie gemocht, ebensowenig wie sie Opern mochte, aber in einem Jahr hatte sie zu dem Kammermusik-Abonnement eine Streichquartett-Reihe abonniert, und Heinrich hatte gespottet, ihm wäre das dann doch zuviel an sensiblem Wohlklang, und sie nur zweimal (mit großer heimlicher Freude) begleitet. Tatsächlich war es Zufall gewesen, daß er, von Barenboim dirigiert, ein Konzert

Er war nur vier Jahre älter als Maria. Er brachte ihr jedesmal eine Blume mit, die er geklaut hatte, im Sommer aus einem der kleinen Vorgärten oder auch aus einem Blumenladen. Sie ermahnte ihn. Aber sie wußte, daß er der einzige war, der ihr Herz noch berührte. Die meist etwas zerdrückten, aber frischen Blumen in seiner Hand.
Tatsächlich glaubte sie, ihr Bruder Wang sei krank. Wenn Mai Linh zwischen dem älteren und dem um so vieles jüngeren Bruder schlichten sollte, gab sie Georg Geld. Er beschimpfte sie, aber er nahm es. Wen willst du freikaufen? Die Eltern? Dich selbst? Und mit den paar Euro? Wofür habt ihr eigentlich die ganze Zeit gearbeitet? Daß du mir ein paar Euro Schweigegeld zusteckst?
Es gab nichts mehr zu erwarten. Georg liebte sie nicht mehr, er wurde zornig, dachte Mai Linh, so wie Wang zornig geworden war, eines Tages, ihr sanfter älterer Bruder. Wahrscheinlich war Wang krank.
Warum verteidigst du ihn? wütete Georg. Er steckt alles Geld in das Restaurant, das Geld unserer Eltern, dein Geld und meins auch.
Sie hatte sich lange gewünscht, er werde früh heiraten und Kinder haben, Kinder, die sie hüten würde, als wäre sie die Großmutter. Sie hatte sich ausgemalt, wie die Kinder (sie stellte sich zwei Mädchen vor) im Wohnzimmer krabbelten. Im Restaurant hätte Mai Linh dann nicht mehr gearbeitet. Mit den Kindern wäre sie in den Gottesdienst gegangen. Zweimal hatte sie den Kindergottesdienst besucht. Die Blicke der anderen waren ihr gefolgt. Sie war als einzige alleine.
Das war vorbei. Sie erhoffte sich von Georg nichts mehr. Sie liebte ihn noch.
Aber diese Liebe hatte sich von ihrem Leben gelöst, und für ihr Leben war keine Liebe mehr

übrig. Wenn das Wetter schön war, saß sie nachmittags manchmal am Rand eines Spielplatzes. Ein oder zwei Kinder kannte sie dann vom Sehen. Sie stellte sich vor, es wären ihre Enkelkinder. Da war ein winziges Mädchen mit schwarzen Haaren gewesen. So klein wie eine Puppe.

Niemand hatte erfahren, daß sie verwarnt worden war. Aus den Unterlagen hatte sie den vollen Namen des Kindes erfahren, Luise, mit zweitem Namen Amelie. Mai Linh nannte sie Amelie. Von fern war sie ihr weiter gefolgt, wenn nicht die Mutter, sondern ein Babysitter den Kinderwagen schob. Das Mädchen hätte in ihre Manteltasche gepaßt. In Gedanken versteckte sie es in ihrem Bett, unter dem Kopfkissen.

Im November war es besonders schlimm, wegen Sankt Martin. Erst war Allerseelen, dann kam Sankt Martin. Danach wurde es besser. Aber es war jedes Jahr eine schlimme Zeit.

Auf dem Tisch lagen Bögen mit Transparentpapier, in Blau und Rot und Grün, neben einer Tüte mit Luftballons. Sie würde für das Restaurant Laternen basteln. Seit drei Tagen nahm sie es sich vor. Es war der 9. November.

Sie griff nach einem Luftballon und wollte ihn aufblasen.

Aber sie schaffte es nicht.

Warum hast du eine Beule? fragte ihr Bruder ärgerlich, als sie im Restaurant ankam.

Sie erinnerte sich nicht, wie es gewesen war, als ihre Eltern noch lebten.

Es war das erste Jahr, in dem sie zu Sankt Martin den Gastraum nicht schmückte. Kazim, der palästinensische Küchengehilfe, brachte ihr aber am 12. November eine kleine Laterne mit. Es war ein voller Tag. Eine Familie kam mit drei Kindern von einem Laternenumzug, eine lärmende, ver-

annonciert sah, in dem nach dem Schumann-Klavierkonzert die erste Symphonie von Brahms gespielt werden würde.

Er hörte, da am Morgen vor dem Konzert Clara aus dem Haus ging, sich die c-moll-Symphonie im Wohnzimmer an, das über den Garten bis zum See blickte, es war ein wolkenverhangener Tag, er hatte lange nicht mehr unten Musik gehört (für seine Bedürfnisse hatte er den Kassettenrecorder in seinem Arbeitszimmer durch einen CD-Spieler erster Qualität ersetzt), wo rechts und links neben den großen Terrassenfenstern zwei Lautsprecher von Bang & Olufsen aufgestellt waren, die Aufnahmen, die ihnen von Gästen gelegentlich als Geschenk mitgebracht wurden, sortierte Clara ein, oft ohne daß einer von ihnen beiden sie angehört hatte, seit sie nicht mehr einen Abend in der Woche damit verbrachten, gemeinsam Musik zu hören.

Das war etwas, was er als junger Mann abgelehnt hatte. Brahms war der Inbegriff deutscher Musik gewesen.

Auf der CD-Hülle war ein Foto des jungen Karl Böhm abgebildet. Zum Zeitpunkt der Aufnahme war Heinrich Barnow siebzehn Jahre alt gewesen. Man hatte ihn eingezogen. Ein Wunder, daß er nicht umgekommen war. Er hatte neben sich Tote gesehen. Die Kontrabässe am Beginn des letzten Satzes ließen seinen Atem stocken, er mußte sich setzen, einen Moment fürchtete er, das Herz werde die tiefen Töne nicht ertragen.

So war ihm bange vor dem Konzert. Es war ein trüber Abend, die letzten Blätter fielen von den Bäumen, die Straße war rutschig, einen Parkplatz fand er in der Nähe des Bendlerblocks, er mußte durch den Nieselregen mit hochgeschlagenem Kragen eilen, um nicht zu spät zu kommen.

Seine Karte war für Block C. Mit Mißbehagen sah er, daß er in der Mitte der Reihe saß, er konnte nicht aufstehen und gehen, wenn er sich unwohl fühlte.

Er hatte sich bis zur Pause nicht konzentrieren können. Es gab eine Symphonie von Haydn, deren Namen er zum ersten Mal las, und es gab eines der früheren Klavierkonzerte Mozarts.

Sein Herz wähnte sich in Frieden.

Die ersten Akkorde ließen das ganze Stück in eins erstehen, die ängstlichen Forderungen, den männlichen Mut, das, was sich schließlich überschlug in eine Verzweiflung und Zerrissenheit, die ihn tatsächlich an die letzten Kriegsmonate denken ließen, an die sich immer weiter steigernde Angst und an das Entsetzen der Schuld. Aber da waren die jun-

gnügte Gesellschaft, die zwei älteren Kinder rannten in den Vorgarten, in dem ein riesiger Kürbis auf einem Holzpodest stand, Mai Linh sah ihnen zu, wie sie mit Steinchen nach dem Kürbis warfen. Auf dem Trottoir ging ein großgewachsener älterer Mann vorbei. Sie erinnerte sich, daß er vor ein paar Wochen dagewesen war mit seiner Frau und seinen Kindern. Er schaute zu dem Restaurant herüber, ohne sie erkennen zu können, und er ging weiter.

Auf den Großmarkt ging Mai Linh nur alle zwei Wochen, die täglichen Lebensmittel für das Restaurant kaufte ihr Bruder. Wenn Mai Linh auf den Markt in der Lichtenberger Allee ging, verabredete er sich mit Hu, der einzigen Vietnamesin, mit der sie befreundet war. Sie umarmten sich, wenn sie sich trafen. Hu war kleiner als Mai Linh, aber dicker. Sie trug dunkle, warme und elegante Mäntel im Winter. Mai Linh, sagte sie jedesmal, du brauchst einen neuen Mantel. Einmal fügte sie lachend hinzu, und ein neues Herz brauchst du. Es war der Jahrestag des Todes von Maria gewesen. Mai Linh hatte es nicht über sich gebracht, Hu das zu erzählen. Hu hatte drei Kinder, der älteste Sohn studierte Medizin, Mai Linh gegenüber spielte sie es herunter, wer weiß, ob er die Examen alle schafft, mühsam bändigte sie ihren Stolz, der zweite Sohn machte bei einer Bank eine Lehre, und die Tochter bereitete sich aufs Abitur vor.
Warum arbeitest du nicht mit mir? hatte Hu sie einmal gefragt, und Mai Linh hatte sich vorgestellt, wie sie mit Hu den Asia-Shop in der Hauptstraße hätte, unweit des früheren Ladens ihrer Eltern, wie sie gemeinsam aussuchten, was sie neben dem frischen Gemüse und den Konserven

und dem tiefgefrorenen Fisch verkaufen wollten, Geschirr und Kochgerät, Lampions, Glücksbringer auch, und wie sie an der Kasse stünden, kichernd, wie Hu kicherte, ein leichtes Geräusch, das aus ihrem Hals kam, und Hu war fröhlich, sie war tatsächlich fröhlich, mit ihren kleinen, allzu flinken Schritten lief sie auf Mai Linh zu und umarmte sie, ach Schwester, rief sie und nahm ihr die Sonnenbrille ab, die Mai Linh oft trug, eine große, sehr dunkel getönte Sonnenbrille, das ist wie früher bei den Kindern, sagte sie und streichelte dabei Mai Linhs Arm, wie früher mit dem Schnuller bei den Kindern.

Diese Woche kaufen wir dir einen neuen Mantel, sagte Hu am Telefon. Einen warmen und schönen Wintermantel. Sie rief dreimal an. Dann stand sie eines Mittags vor der Tür, das Auto mit laufendem Motor auf dem Fahrradweg, schnell! rief sie und winkte in die Tür. Schnell! Sonst werde ich abgeschleppt.

Hu fuhr Richtung Kurfürstendamm. Wir gehen einkaufen, jetzt. Mantel, Pullover, Rock. Sie fuhr ins Parkhaus am KaDeWe. Jetzt sind wir zwei ältere Frauen, sagte Hu, als sie auf der Rolltreppe standen. Sie schaute hinauf. Irgendwo gibt es immer Himmel, sagte sie. Und dann, sagte sie, zu Mai Linh gewandt, gehen wir zum Friseur. Wie lange warst du nicht beim Friseur?

Ich schneide mir selber die Haare.

Das sieht man auch. Du kümmerst dich nicht um dich. Wer kümmert sich dann? Niemand. Also sage ich, daß du zum Friseur gehst, jetzt. Hu hielt einen violetten Mantel mit großem Kragen. Weißt du, wie schön du aussehen wirst? Sie schüttelte den Kopf, als Mai Linh in den Mantel geschlüpft war. Wenn man dich so sieht, könnte man schwören, daß du erst vierzig bist und bald heiratest.

gen Männer. Er hatte zu ihnen gehört. Er hatte in ihren Gesichtern gesucht und gefunden. Sie hatten Frauen gerettet, tatsächlich. Sie waren ritterlich gewesen.

Einige Wochen später hatte er nördlich von Berlin einen Zug von KZ-Häftlingen gesehen. Heinrich hatte keine Konsequenz daraus zu ziehen gewußt, er hatte das immer verteidigt. Er war immer schuldig gewesen. Keine Handlung ließ sich als Ausweg ansehen. Da war nichts zu tun. Was geschehen war, war geschehen; er verabscheute diejenigen, die so taten, als würde durch Reue sich etwas ändern. Reue war Privatvergnügen. Reue wie Mitleid waren Empfindungen, die er vermied. Wer darüber redete, ahnte nicht, wovon er sprach. Es genügte die Idee von Schuld, um das Leben unmöglich zu machen. Solange sich, was geschehen war, nicht ändern ließ, und das hieß, solange die Toten tot blieben.

Er hatte einen Prozeß mitgemacht, in dem der Angeklagte einen grausamen Mord gestanden hatte, ein Student, der einen Obdachlosen erstochen hatte. Der Student hatte um Vergebung gebettelt, es war aber niemand dagewesen, weder Eltern noch eine Frau, noch Kinder, noch irgendein liebender Mensch, der ihm hätte verzeihen oder der ihn hätte verurteilen können. Alles war leer gewesen. Heinrich hatte

31

sich hinreißen lassen, er wäre beinahe vom Richter relegiert worden. Es war das erste Jahr als Oberstaatsanwalt gewesen. Er hatte sich des Angeklagten geschämt, er hatte ihn gehaßt. In den Wochen nach dem Urteil hatte er gehofft, Nachricht zu erhalten, der Mann habe sich das Leben genommen. Aber er lebte. Er lebte immer weiter. Den Obdachlosen hatte er an einen Stuhl gefesselt und über zwei Tage hinweg bedroht, bis er sterben wollte.

Keine Sekunde der Angst und keine Demütigung ließen sich rückgängig machen. Das Geschriebene war festgeschrieben für alle Zeiten. Jeder Buchstabe war ins Gedächtnis gebrannt.

Wenn er nicht schlafen konnte, fragte er sich, was er sich vorstellte, da es offenkundig unmöglich war, schuldlos zu leben.

Er war oft zu Clara gegangen, als sie schon kein gemeinsames Schlafzimmer mehr hatten. Sie schlief wenig. Es wurde darüber nicht gesprochen, auch klagte sie nicht. Manche Menschen brauchten wenig Schlaf.

Nach wie vor hatte er in unmittelbarer Nachbarschaft des Gerichts, in der Turmstraße, sein Büro, nicht mehr als ein Arbeits- und ein Vorzimmer.

Über Finanzielles hatten sie nicht gesprochen, Clara und er. Seiner

Ach Hu, sagte Mai Linh. Eher sterbe ich, als daß ich heirate. Es kann nicht jeder Glück haben im Leben. Und weißt du, was das einzige ist, das mich weinen läßt? Daß meine Tochter tot ist und daß ich sie nicht mehr im Arm habe. Und als sie ein kleines Kind war, habe ich mich nicht an ihr gefreut, weil sie mir zur Last war, wie ihr Vater. Nur eine Last.

Hu nahm ihre Hand. Die beiden standen vor dem Spiegel, ihre Blicke trafen sich darin.

Als sie im Erdgeschoß ihre Tüte ausgehändigt bekam, in der nicht nur der Mantel, sondern auch ein dunkelgrauer Wollrock und eine kurze, mattgrüne Strickjacke waren, schlich sich Mai Linhs Hand hinein, um die weichen Stoffe zu fühlen, sie schämte sich und war plötzlich voller Hoffnung, es werde sich aus ihrem Leben etwas herausstehlen, das glücklich wäre. Komm noch mit zu mir, sagte sie zu Hu. Vielleicht kommt Georg.

Dein Georg, sagte Hu. Ich habe ihn neulich gesehen, am Alex, in der U-Bahn, er war dort mit Kim. Kennst du Kim?

Mai Linh nickte.

Hu kam selten zu ihr nach Hause. Außer den beiden Brüdern besuchte sie niemand, es war selten, daß jemand an der Tür klingelte, zumeist ein Zeitungsausträger oder jemand, der Wurfsendungen in die Briefkästen steckte, sie hörte es klappern, wenn sie ins Treppenhaus trat.

Aber Kim hatte ein paarmal vor der Türe gestanden, nach dem Mittagessen mit Georg. Er hatte nicht angerufen vorher, und sie war sich sicher gewesen, daß Georg von diesen Besuchen nichts wußte.

Das eine Mal trug er in den Armen einen Karton, in dem ein Laptop war. Für mich taugt das nichts mehr, sagte er ihr, ich habe gestern einen neuen bekommen.

Wozu brauche ich einen Computer? fragte Mai Linh.

Überhaupt, sagte Kim, für die Abrechnungen, für die Steuer. Für Spiele. Du kannst dir darauf Filme anschauen.

Er hatte versucht, sie zu umarmen.

Das nächste Mal brachte er Blumen und einen Ledergürtel mit. Kochst du mir etwas zu essen? Kommt Georg? hatte Mai Linh zurückgefragt. Dann hatte sie für Kim gekocht, vier oder fünf Wochen lang fast jeden Tag. Er war am Vormittag gekommen, wenn sie ins Restaurant mußte, damit sie zusammen essen konnten. Seine Jacke hatte er über einen Stuhl gehängt und sich an den Tisch gesetzt. Geschenke hatte er nicht mehr mitgebracht, bis auf das letzte Mal, es war eine Kette gewesen, eine Goldkette mit einem Anhänger, einem Kreuz. Wieder hatte er versucht, sie zu umarmen; sie hatte sich abgewandt. Findest du mich häßlich? hatte er sie gefragt, und sie hatte die Wahrheit gesagt. Er war häßlich, wie etwas Bitteres zu essen bitter war.

Und Georg hatte sie am Tag darauf angerufen und beschimpft, bist du bescheuert oder was? Ein Glück, daß er dich nicht fertiggemacht hat.

Georg sagte ihr später, daß Kim kein einziges der Geschenke geklaut hatte.

Bedeutung angemessen war er nie bezahlt worden, Clara blieb die wohlhabendere von ihnen beiden. Früher hatte er auf dem Gelände des Gefängnisses parken dürfen.

Es gibt nur ein verpfuschtes Leben, hatte einmal Clara gesagt, in einem merkwürdig leichten Ton, so, als wollte sie ihn in Kenntnis setzen, wer eine Einladung zum Abendessen abgesagt hatte in letzter Minute – nicht weiter tragisch, da es übertrieben war, Enttäuschung zu zeigen und zu empfinden.

4. Kapitel

An den Abenden, an denen ich mich mit Bernd treffe, merke ich, wie einsam wir sind. Ich freue mich darauf, und trotzdem ist es jedesmal eine Niederlage. Wir sind übriggeblieben, irgendwie steckengeblieben in unserem Leben. Und es muß beinahe ein Wunder geschehen, damit sich das noch einmal ändert. Ich habe oft das Gefühl, mich an den dankbaren Augen meiner Patienten festzuhalten, deren Angst ich beschwichtigen, deren Schmerzen ich lindern kann, und so bin ich, ohne daß sie es wissen, eigentlich ein Mühlstein um ihren Hals. Wenn wir zu viert bei Alix und Jan essen, verlasse ich die Praxis schon um sieben Uhr. Bin ich mit Bernd verabredet, arbeite ich bis acht Uhr, denn wir treffen uns erst um halb neun.

Wir suchen uns irgendeine Lokalität aus der Zeitung oder vom Hörensagen, und damit haben wir das Gefühl, in Berlin zu sein und nicht im Abseits. Unser Leben auszunutzen, unsere Freiheit, die wir eigentlich nicht länger wollen, überhaupt nur in der kurzen Zeit nach dem Abschied von unseren Elternhäusern gewollt haben.

Diesen Fetzen Leben zu benutzen.

Es ist so typisch, als Arzt mit den

Es kommt nicht oft vor, daß Anton und ich uns alleine treffen, aber manchmal geschieht es, daß wir zu zweit essen gehen, ohne Alix und Jan davon auch nur zu erzählen, mit einer Art Scham, die daher rührt, daß die beiden ein Paar sind, beinahe eine Familie, während wir Singles wider Willen sind, und obwohl wir keineswegs vereinsamt oder isoliert sind (vor allem Jans und Alix' wegen natürlich), haben wir allen Grund zu befürchten, daß wir in der sozialen Rangordnung ziemlich weit unten stehen. In unserem Alter. Mit Anfang Vierzig und ohne feste oder lose Partnerschaft. Zumeist ohne Sex. In komfortablen, aber letztlich unbelebten Dreizimmerwohnungen lebend, die irgendwann gewählt und eingerichtet wurden, um zukünftige Geliebte mit zu beherbergen. Wir haben uns Mühe gegeben. Irgendwann gab es einen Punkt, an dem wir anfingen, uns in der Stille unseres Rückzugs behaglich zu fühlen. Immer wieder geschieht es, daß wir unglücklich und einsam sind und uns vorstellen, gerade so, in diesen Zimmern, zwischen diesen schweigenden Wänden und Möbeln, würden wir unser Leben beenden. Die meiste Zeit über ist es aber, wie es ist, ohne daß wir noch hadern oder Gedanken daran verschwenden, was wir richtig oder falsch gemacht haben.

Zu zweit treffen wir uns in Kreuzberg oder sogar am Prenzlauer Berg, suchen uns irgendwelche Restaurants oder Bars, von denen wir gehört oder gelesen haben, und wir versuchen, unser Junggesellenleben zu genießen. Manchmal essen wir nicht, sondern suchen uns eine Cocktail-Bar, und wir trinken mehr, als wir in Alix' Gegenwart trinken würden. So, als würden wir uns vor ihr schämen.

Und letztlich ist das gar nicht falsch. Sogar für mich, der sich niemals in eine Frau verliebt hat, ist sie die Dame, der mein Herz geweiht ist. Alix schulden wir unsere größte Liebenswürdigkeit, unsere besten Manieren, unseren leichtesten Witz. Sie würde allerdings derartiges nie fordern, und womöglich liegt ihr wenig daran, wie wir uns vor ihr auszeichnen, wie wir uns bemühen – um uns selbst bemühen, könnte man sagen.

Kurz nachdem ich Alix kennengelernt hatte, bin ich nach Paris gefahren, alleine, für eine Woche. Ich hatte damals wenig Geld, aber gar keine Verpflichtungen, und ich habe in Paris einen Cousin, den ich nicht sehr liebe, der sich aber für familiär verpflichtet hält, sogar mich, der schwul ist, jederzeit einzuladen. Man wohnt in einem kleinen Haus hinter dem Friedhof Père Lachaise, einem Haus, das einen lauschigen Innenhof hat, in dem ein Brunnen plätschert, verziert mit einem nackten Jüngling aus bemoostem Stein. Das Haus ist klein, hat aber zehn Zimmer, davon sind drei mit eigenem Bad ausgestattet. Man kann nicht sagen, daß ich gestört hätte. Man kann nicht sagen, daß ich willkommen gewesen wäre. Das Dienstmädchen staubte jeden Vormittag so gründlich ab, als habe sie Auftrag erhalten, mich zum Verschwinden zu bringen. Raimund und Clothilde, seine französische Frau, Madame und Monsieur, vertrugen sich über ihre weit voneinander getrennten Schlafzimmer hinweg ausgezeich-

Jahren ruppig oder sogar zynisch zu werden. Aus jedem Schädel linst der Wurm, bevor er sich mästet. Und dahinter ist schon der Schädel zu sehen, der Totenschädel. Manchmal, wenn die Leute schwer krank sind, raffen sie sich auf zu etwas, das für sie vorher undenkbar gewesen wäre. Wirklich werden manche innig und zugewandt, es bricht einem dann fast das Herz, nicht weil man weiß, daß sie sterben werden, sondern weil man voraussieht, wie sie noch werden leiden müssen bis dahin. Leid ist das Schlimmste, Schmerzen sind das Schlimmste. Richtige Schmerzen, die einem das Gehirn lahmlegen und alle Empfindung, die nichts als nackte Not lassen, als panischen Stumpfsinn. Zu Schmerzen gibt es nichts weiter zu sagen. Jeder Versuch, sie zu nobilitieren, ist entweder blind oder verwerflich. Sie sind die perverse Erfüllung unseres lebenslangen Wunsches, alles möchte klar sein und begreiflich. Denn in gewisser Weise begreift man Schmerzen leicht, und das ganze Leben richtet sich danach aus. Alles wird einfach. Was für Idioten sind wir, daß wir nicht einsehen, je komplizierter uns Verhältnisse scheinen, je verschachtelter, desto größer unsere Freiheit und Vielfalt. Auch wenn man diese Freiheit verflucht …

Nach nichts sehne ich mich mehr als danach, aus der Praxis nach Hause zu eilen, um dort meine Frau und meine Kinder vorzufinden. Manchmal sehne ich mich so sehr, daß ich es für schier unmöglich halte, wenn ich meine stille und leere Wohnung betrete. Ein eingebildeter Ort, denke ich mir dann, der Ort, an dem ich nie hatte bleiben wollen, und ich gehe durch die Zimmer, die von Frau Goss sorgfältig geputzt werden, wie durch etwas Fremdes hindurch.

An den Tagen, an denen ich mich mit Bernd verabrede, ziehe ich mich nicht sorgfältiger, aber auffälliger an. Jan und Bernd haben je eine eigene Art von Extravaganz, daneben komme ich mir, um das englische Wort zu benutzen, plain vor. Aber Bernd hat mit mir zwei Anzüge gekauft, die witzig und schick sind (Reißverschlüsse anstelle von Knöpfen hat der eine), und es wirkt. Die Frauen schauen mich an. Sie schauen mich an, als wäre ich eine veritable Lebensmöglichkeit. Und auch noch Arzt ... Alix hat mir irgendwann gesagt, es gebe so viele kluge, bezaubernde und schöne Frauen, die einen Mann wie mich suchten, daß es entweder Böswilligkeit des Schicksals oder Bockigkeit von mir sein müßte, wenn ich nicht heiratete.

Nun ist es so, daß ich kaum Zeit habe. Die Abende mit Bernd sind fast die einzige Gelegenheit, unter Leute zu gehen, von Alix und Jan und den alten Barnows abgesehen. Vermutlich ist es ein Fehler, mich so eng an sie anzuschließen. Es entbebt mich der Notwendigkeit, andere Gesell-

net. Ich hielt damals beide, die fünf Jahre älter sind als ich, für wahnsinnig. Sie haben Geld. Wahrscheinlich führen sie eine großartige Ehe. Zum Abendessen, wenn sie zu Hause essen, ziehen sie sich um. Vor sechs Jahren rief Raimund mich an und erzählte, daß Clothilde eine späte, ersehnte Schwangerschaft verloren habe. Eine merkwürdige Privatheit, wenn man bedenkt, daß wir damals kein persönliches Wort gewechselt haben. Und doch paßt es, zu Raimund, zu jener Woche und zu jedem Besuch seither (viele waren es nicht). Ich ging, da man mich nach dem Frühstück entließ, den ganzen Tag spazieren. Die Museen haben mich nicht interessiert, und das Musée Cluny suchte ich nur deshalb auf, weil es anfing zu regnen, als ich an seinen Mauern vorüberging. Außer mir war niemand in den Räumen. Sie ist nicht schön, die Dame mit dem Einhorn, ihr Gesicht ist allzu schmal und länglich, die Form läßt wenig Ausdruck zu. Ihr halblanges Haar ist hell und glatt, Alix hat dunkles und gelocktes Haar. So gibt es zwischen beiden keine Ähnlichkeit, und doch berührten mich die Tapisserien, als erzählten sie mir über Alix eine Geschichte. Wie viele Männer vor mir werden das gedacht haben über eine Frau, die sie verehren, daß sie ähnlich unnahbar und anwesend und spöttisch sei in ihrer Ferne. Vielleicht hat jeder seine eigene Ferne und Unzugänglichkeit, und bei manchen ist sie auf schönste Art sichtbar. In gewisser Weise ist Alix der einsamste Mensch, den ich jemals getroffen habe, dagegen ist meine Schwägerin Eleonore ein heiter aufgehobenes Geschöpf. Alix in ihrem ganzen Charme, ihrer grazilen Schönheit scheint so fügsam und gewandt. Und alle lieben sie. Lieben sie. Lieben sie. Und da sie so gewinnend ist, merkt keiner den leeren und gnadenlosen Raum um sie herum. Das heißt keiner der sie nicht gut kennt. Keiner, der nicht ihr Mann ist oder einer ihrer engsten Freunde: Anton und ich. Es gibt sonst niemanden, und bei einem Menschen, der so rasch Zuneigung weckt wie Alix, ist das erstaunlich. Eine Art böses Wunder, würde ich sagen. Aber Einsamkeit kennt kein Gesetz. Oder sie kennt eines, das wir nicht begreifen. Oder aber sie ist allgegenwärtig. Wer weiß. Ich frage mich nicht, ob ich einsam bin. Ich habe Jan. Und Alix. Und Anton. Und doch. Ab einem bestimmten Alter heißt Einsamkeit, daß einem keine Geheimnisse mehr einfallen, die man nicht teilen wollte oder ausplaudern. Und diese Einsamkeit hat weder mit Freunden noch mit Lieben zu tun.

Man braucht sich auch nicht zu wundern, kommt es mir vor, wenn plötzlich die Familie das Gefüge der Freundschaften verdrängt. Intimität ist nicht länger das, was überrascht oder überwältigt und Grenzen einreißt. Irgendwann ist vielleicht Intimität vor allem die Zeit selber. Wie sie beginnt, den Körper zu verzehren. Die Zeit, die so feindselig und so kostbar wird.

Anton sagte einmal, Alix sei nichts weiter als ein klein wenig autistisch (das ist allerdings auch kein Trost), sie benehme sich nicht, wie man es von anderen gewohnt sei, ohne im engeren Sinne ungewöhnlich zu sein, allenfalls darin, daß sie einen regelrechten Beruf weder ausgeübt noch erlernt hat. Sie übersetzt zuweilen, weil sie Romanistik studiert hat. Sie fotografiert. Sie gestaltet Bücher, besser als viele Graphiker. Sie hat einmal überlegt, eine kleine Buchhandlung mit mir zu eröffnen. Aber wir fürchteten beide, sie werde so oft abwesend bleiben, daß wir damit unsere Freundschaft gefährden könnten, deswegen haben wir schaft zu suchen. Aber ohne Barnows wäre der Schmerz über den Verfall meiner Eltern so groß, daß ich vielleicht gelähmt wäre. Vor zwei Jahren ist mein Vater an Alzheimer gestorben, und meine Mutter lebt zwar noch zu Hause, verliert aber jede Woche ein bißchen mehr an Orientierung. Meine Schwester hält sich seit Jahren in Italien auf, sie arbeitet auf einem Hof, der organischen Ziegenkäse herstellt, und die Verbindung zu ihr ist lose. Wie ich hat sie keinen Lebenspartner gefunden. Damit allerdings enden die Ähnlichkeiten zwischen uns. Sie ist fünf Jahre jünger, aber damit ist sie auch schon siebenunddreißig, und trotzdem geht sie in Florenz soviel als möglich aus. Sehr viel ist das allerdings vielleicht nicht. In regelmäßigen Abständen schreibt sie mir von einem bezaubernden toskanischen Gutsbesitzer, der sie dann doch nicht will. Ich schreibe ihr, daß sie aller Wahrscheinlichkeit nach viel zu kratzbürstig sei. Sie hat etwas Leichtsinniges, sie fährt ein großes Motorrad und hatte schon zweimal ernsthafte Reitunfälle, sie würde ihr Leben nicht verschenken, aber sie hält auch nicht viel davon. Ihr Besitz paßt noch immer in zwei Koffer. So schrieb sie mir, und ich fürchte, so ist es auch. Keiner soll sich wünschen anzusammeln, was er dann doch lassen muß, aber etwas anderes ist es, mit leeren Händen alt zu werden. Im Sommer hören wir selten voneinander, im Winter schreibt sie mir nicht selten eine Mail, sie hat dann Zeit und hat auch zuviel Zeit, sie sitzt viel in der Küche über dem Stall, von unten, schreibt sie, hört sie, wie die Ziegen meckern, in der Küche ist ein riesiger Kamin, in dem in früheren Zeiten die Bauern nachts geschlafen haben, es müssen immer wieder einige erstickt sein an Kohlenmonoxid, denke ich mir, aber Caroline, so heißt meine Schwester, gibt darauf acht, daß genug Sauerstoff ans Feuer kommt. Caroline besucht meine Mutter nur, ohne sich vorher anzukündigen, sie kommt, steht eines Tages vor der Tür, und zwei oder drei Tage später ist sie frühmorgens schon verschwunden, allenfalls daß auf dem Tisch ein Zettel liegt mit einem Gruß. Und mich besucht sie in Berlin niemals. Wir werden uns in unserem Elternhaus treffen, wenn es gilt, die Sachen unserer Eltern auszuräumen, wenn wir nicht einen Trödler damit beauftragen werden, alles wegzuschaffen. In zwei Koffer, schreibt meine Schwester, paßt ihr Besitz. Ich habe mich eingerichtet, im Frühjahr habe ich ein Sofa neu gekauft, ein großes, graues Sofa, auf dem man sitzen und auch schlafen kann. Alix ist mit mir mitgekommen, um den Stoff auszusuchen. Im Grau ist eine Beimischung von Braun, sie saß darauf, die matten Farben ließen ihr Haar und ihre Augen schimmern, und sie saß gut und bequem und sagte, sie werde einmal zu mir kommen, nur um zu lesen.

nichts Derartiges unternommen, was ich noch immer bedauere.

Den einzigen von uns vieren, den ich für tatkräftig halte und für erfolgreich, ist Anton, obwohl Jans Praxis ausgezeichnet läuft und er sehr viel mehr verdient als Anton.

Anton hat es irgendwann geschafft, was ihm mißlungen ist bisher, abzutun, er denkt nicht darüber nach, daß er gerne an der Universität gewesen wäre, ein Ordinarius für Innere Medizin, daß er gerne eine Frau und drei Kinder gehabt hätte und am liebsten ein Haus in Dahlem. Anton hatte sich, glaube ich, eine ganze Lebensordnung und einen Ablauf vorgestellt, und alles deutete darauf hin, daß ihm gelingen müßte, was er sich wünschte.

Wann er zu dem Schluß gekommen ist, daß seine Wünsche sich nicht erfüllen werden, weiß ich nicht. Ob er es Alix erzählt hat? Vermutlich nicht. Wir jedenfalls haben niemals davon gesprochen, und trotz unserer Freundschaft muß es für ihn eine sehr einsame Zeit gewesen sein.

Und alles ist ein Lied. Es fehlt nur, daß wir singen.

Wir laufen nachts Arm in Arm, und wenn wir ein paar Gläser Wein getrunken haben, dann ist alles wach und versöhnt, wir laufen zur Oberbaumbrücke, werfen einen Obolus ins Wasser, wir sehen die riesigen Skulpturen im Wasser tanzen, hören die Möwen, ihre Nachtstimmen, ihr Dunkelheitsgemurmel, eintöniges Geplauder vielleicht, uns kommen kleine Grüppchen junger Leute entgegen, viele tragen Pudelmützen, die Frauen hochhackige Schuhe und enge Röcke, sie scannen uns, tauglich, untauglich, sie täuschen sich in mir und denken, Anton ist bestimmt verheiratet. Ich meine, Anton lernt kaum je eine

Frau kennen. Keine kommt auf die Idee, er könnte alleine sein. Eine sagte mir einmal, sie habe gedacht, daß er vermutlich Streit mit seiner Frau habe und deswegen ausgegangen sei. Alleine.

Und dann lernt Anton Frauen kennen, die ihrerseits verheiratet sind und Streit mit ihren Männern haben, aber doch zu ihnen zurückkehren.

Über die Potsdamer Straße rasen die Autos der Halbstarken, bis die Polizei kommt. Die Läden, die vierundzwanzig Stunden aufhaben, lassen ihre Leuchtreklamen blinken. Aus der Victoria Bar kommen ein paar angetrunkene Akademiker, man erkennt sie leicht an ihren Witzen, an ihrer Nonchalance, die nicht frei von Verlegenheit ist. Zum guten Ton gehört es nicht mehr, betrunken zu sein. Wir gehen manchmal sogar noch ins Kumpelnest, das schon seit ein paar Jahren Kumpelnest 2000 heißt. Ein einziges Mal in all den Jahren habe ich dort eine Affäre angefangen, Anton zugewinkt, bevor ich mit dem Jungen verschwunden bin. Er kam mir vor wie ein Junge, obwohl er Mitte Zwanzig war. Er war gerissen und romantisch, er wollte versorgt sein, und dann verliebte er sich gerade in dem Moment, in dem ich beschloß, ihn rauszusetzen. Und er weinte. Er saß auf dem Sofa und weinte, bevor er höflich aufstand, packte und sich verabschiedete auf Nimmerwiedersehen, es war so banal, es brach uns das Herz, ich brauchte Monate, um mich davon zu erholen.

Wenn es geregnet hat, spiegeln sich die bunten Lichter auf den Bürgersteigen und Straßen. Auf der Potsdamer Straße gibt es alles. Landkarten, Secondhand, indischen Trödel, Devotionalien,

Und so ist es wieder ein Stück besser bei mir geworden. Nur fragt keiner danach, niemand will es wissen, und keiner kommt zu mir. Ich bin auch selten da. An einem freien Abend gehe ich mit Bernd zum Essen aus, wir treffen uns in einer Bar in Kreuzberg oder Friedrichshain, wir laufen am Schlesischen Tor die Straßen ab, ich liebe den Fluß sehr, wir gehen die Stichstraßen zum Wasser hin oder auch, im Sommer, zum Volkspark, zur Bucht, beim Badeschiff waren wir auch schon und in der Bar 25, manchmal sind wir fast die Ältesten. Versündige dich nicht, hat Bernd einmal empört zu mir gesagt, es war, als ich ihm gestand, ich hätte ein paarmal daran gedacht, mir das Leben zu nehmen. Wenn man so etwas von einem derart besonnenen Typ wie mir hört, ist man wohl alarmiert. Bernd war empört, empörter, als er selber vermutet hätte, ich meine, seine Empörung kam wirklich aus tieferen Schichten, aus seiner Zeit als Meßdiener etwa in einem hessischen Dorf, er sagte, daß er Traurigkeit für eine Sünde gegen das Leben halte, ich glaube, er sagte sogar, eine Sünde wider das Leben, und wie er es sagte, wußte ich, daß mir das Leben wenig bedeutet. Zwei Koffer.
Immer wieder in letzter Zeit merke ich, daß ich an meine Schwester denke und sie sogar vermisse, und das ist so, als hätte ich endgültig aufgegeben, mir zu wünschen, daß sich in meinem

Leben erfüllt, was ich mir erhofft habe. Damit sage ich nichts gegen Caroline. Sie hat lose Hände. Wie soll ich es erklären? Sie hält nichts und hält nichts fest.

Wir gehören zusammen, weil wir die ersten zehn Jahre meines Lebens in einem Zimmer verbracht haben, wir einer den Atem des anderen kennen, den Schlaf und das Erwachen. Wir gehören zusammen, weil wir einander doch nicht entgehen, es ist beinahe, als glaubten wir, unsere toten Körper würden sich zu einem Stück Erde vermischen. Sowenig wir unsere Familie geschätzt haben und schätzen, so hilflos hängen wir aneinander, wenn es darum geht, unseren Lebenspessimismus zu nennen. Wir sind einander unausweichlich und hoffnungslos.

Es weiß keiner, wie er die Menschen arme Kreatur nennen soll, ohne sie herabzuwürdigen. Inzwischen habe ich begriffen, warum die meisten meiner Kollegen ihre Patienten nicht mehr auffordern, sie mögen sich entkleiden; die nackten Körper betrüben einen so tief, daß man sie nicht sehen möchte. Den Menschen, nackt und bloß. Früher habe ich gesehen, wie einer schön war. Jetzt sehe ich, daß die meisten elend sind. Verwirrte Körper, die die Himmelsrichtungen nicht kennen und nicht sehen, daß sie verurteilt sind, zu Erde zu werden. Tatsächlich haben diejenigen, die sich mit ihrer Vergänglichkeit abgefunden haben, eine eigene Würde. Zu Bernd habe

einen Dalmacija Grill mit internationaler Küche, Nutten, einen Woolworth, den Tagesspiegel, kleine Druckereien und sogar Kunstgalerien mit hohem Anspruch. Ziemlich weit oben, das heißt unweit des Kanals, ist im zweiten Stock eines großen Gebäudes ein phantastischer Stoffladen. Beinahe neben dem Varietétheater Wintergarten ist die syrisch-orthodoxe Kirche. Gegen Morgen kommen die Besitzer der Gemüseläden und der Döner-Stuben mit ihren Lieferwagen und blockieren die Bus- und Taxispur. Theodor Fontane hat eine Zeitlang in der Potsdamer Straße gewohnt, in einem neuen Haus, in dem die Miete günstig war, weil der Bau noch nicht zur Gänze ausgetrocknet war. Trockenwohnen nannte man das.

Und alles ist Gesang, die Nächte machen ein Geräusch, ein tiefes Brummen, ein Summen, das lauter wird und jederzeit in einen großen Gesang ausbrechen kann. Die Jungen grölen, wenn sie aus der Diskothek gestolpert kommen, um zu kämpfen, wie sie sagen. Manchmal trifft man nachts an einer der S-Bahn-Stationen Rapper, die sich battlen. Diese grausame, enthusiastische und dumme Welt, in die sie versuchen, auf ihre Weise eine Schneise zu schlagen. Anton wirft mir vor, daß ich vor lauter Bewunderung für ihre muskulösen Körper übersehe, wie brutal viele von ihnen sind. Er hat recht.

Ich übersehe die Brutalität, weil ich sehen kann, wie ihr Körper das einzige ist, was sie in die Welt schicken können, die mehr ist als schiere Wiederholung von etwas, das ihnen nicht einleuchtet und ärmlich erscheint, obwohl sie sich selber danach sehnen. Eine Wohnung mit Porzellanfigurinen und falschen Kronleuchtern an der Decke.

Als hätte sie niemals eine echte Kerze gesehen. Und viele von ihnen wissen von Künstlichkeit und ihren Freuden ebensowenig, sie lecken an virtuellen Welten wie Kinder an dem erbettelten Eis, das ihnen doch nicht schmeckt. Und ich sehe, wie sie trotzdem allen Wagemut, alle Großherzigkeit hätten, wenn nur jemand sie ihnen abverlangte, aber sie verkümmern, sie sind elend, da niemand etwas von ihnen erhofft, sie schlagen zu, mit der Faust zertrümmern sie, was vor ihr Nase ist und vor ihrer Nase verschwindet.

Und ihre Körper sind schön, die Nächte sind schön, die grobe Hingabe, selbst die Gleichgültigkeit, die alles einschmilzt und nichts läßt als die Berührung und die Lust. Mit Anton, der nichts sucht als seine große Liebe, kann ich all das nicht teilen, nur Alix weiß, was ich suche, und sie, auf ihre Weise, sucht es auch.

ich gesagt, zu sterben sei das, was die Würde wiederherstellen könne. Und Bernd explodierte, er erzählte mir von seiner Schwägerin Eleonore, aber ich wußte, daß er auch an Alix dachte. Wie seine Schwägerin von Jahr zu Jahr verwirrter, wie sie in ihrem Arm fest eine Puppe halte, die ihre Haare längst verloren habe, wie sie die Puppe für ihr Kind halte, mit ihrem Kind rede und es tröste und liebkose. Wie keiner wisse, was Eleonore begreife und was nicht, was für ein Leben sie führe, seit sie eines Tages begonnen habe, als Bernds Mutter eines rheumatischen Anfalls wegen das Bett hüten mußte, den Haushalt mit aller Umsicht zu führen, zu kochen, die Vorräte zu beobachten, ihren Schwiegervater oder ihren Ehemann zu bestimmen, die notwendigen Einkäufe zu erledigen. Und was weiß einer, was im anderen vorgeht. Was wissen wir von Alix, die uns jeden zweiten oder dritten Abend liebenswürdig empfängt, während Jan mürrisch geworden ist, und Alix, die augenscheinlich kaum noch das Haus verläßt, kaum weiter als zu Ahmed gegenüber kommt, wo sie einkauft oder bestellt, was sie braucht, Alix trägt die Kleider, die ihre Mutter für sie auswählt, es liegt ihr nichts an einer eigenen Wahl. Ich habe sie vor drei Wochen eingeladen, einmal mit mir alleine auszugehen. Im Moment, da ich die Frage ausgesprochen hatte, wurde mir schier schwarz vor den Augen.

5. Kapitel

Calypsos Mutter, hatte ihm
die Vorbesitzerin gesagt, sei eine
Schönheit gewesen,
so hatte er gezahlt, eine beträcht-
liche Summe, wie er fand, fünf-
hundert DM, was er nicht einmal
Anton erzählte,

denn er hielt die Fiktion aufrecht,
er habe die Katze aus Barmher-
zigkeit

nur zu sich genommen, da sie
ansonsten eingeschläfert worden
wäre als überzählig, ein Baby
zuviel, wie bei ihnen eines zuwenig, war ihm selbst durch
den Kopf gegangen, eine Gemeinheit, die er sofort wieder zurück-
drängte, und sosehr er auch
überlegte und abwog, es war sicherlich richtig, daß Alix keine
Kinder haben sollte. Sie war
nicht stabil. Dem Anschein nach
war sie gesund, aber das täuschte.
Sie brauchte viel Schlaf. Sie
hatte Ausfälle. Sie konnte aggres-
siv sein. Sie hatte nie einen Beruf
ausgeübt, wenn man von den
Arbeiten absah, die sie zu Hause
machte, und von den Wochen,
die sie bei Anton in der Praxis
geholfen hatte. Jan wußte, wie
sehr Bernd und Anton schätzten,
was Alix machte. Er wußte,
daß sie immer Aufträge hatte.

Am 3. Dezember übergab sich Calypso zum zweiten Mal, morgens, kaum daß Jan aus dem Haus
gegangen war. Sie war in der Küche, auf dem
Tisch stand noch Jans Tasse, Alix hatte eine
Kanne Tee gekocht, das Buch, das sie setzen
sollte, lag auf dem Tisch, man überließ es ihr,
den Umschlag ebenfalls zu gestalten, und Calypso hatte sich vor die Schüssel mit Wasser gesetzt und sich übergeben. Das Geräusch war leise
gewesen, Alix stand gerade an der Balkontür, sie
hörte es, ein kleines Husten, mehr nicht. Als sie
sich umdrehte, sah sie Calypso unbewegt dasit-
zen.

Von unten klapperten die Metallstäbe von Ahmeds Rollwagen, er lud die Obst- und Gemüseki-
sten aus. Sie mußte nicht hinunterschauen, um zu
sehen, wie Jan ein paar Meter entfernt von der
Haustüre stehenblieb, sich bückte, um zu kontrol-
lieren, ob seine Schuhe richtig zugebunden waren. Ahmed sah er fast nie, selbst dann nicht,
wenn Ahmed und Hakan fast vor der Haustüre
oder bloß auf der anderen Straßenseite den Lieferwagen ausluden. Er blieb stehen, bückte sich, und
noch bevor er die Wartburg-Straße erreichte, war
er eingetaucht in die Seelen seiner Patienten, wie
Bernd boshaft behauptete.

Alix wartete, daß Calypso sie riefe. Aber es blieb
still.

Am 5. Dezember folgte Calypso wie ein Schatten
Jan, als er hinausging. Sie blieb im Treppenhaus,
von ihm unbemerkt, Alix hörte ihr leises Schnau-

fen, fand sie nicht gleich, sie schaute in der Ecke zwischen Spülmaschine und Speisekammer, dann öffnete sie die Wohnungstür.

Calypso kam herein. Ihr Fell war matt und fing vom Dämmerlicht nichts ein, fast unsichtbar schlich sie zur Balkontür, als wollte sie der Dunkelheit entkommen.

Alix nahm den Fotoapparat, der auf dem Eßtisch lag. Calypso hatte sich nie fotografieren lassen. Aber sie war zu schwach, um davonzulaufen. Sie hatte den Kopf gehoben und schaute Alix an, zu schwach schon, um sich zu wehren, der Kopf bewegte sich, da die Scham unerträglich war, den Gliedmaßen sah man die Spannung an, der Blick war matt und traurig aus einer Dunkelheit, die unmerklich anstieg und unerbittlich weitersteigen würde, bis nichts mehr zu betrauern war. Es war das Ehrgefühl. Alix fühlte es, als sie abdrückte, Calypso hielt noch einen Augenblick still, als könnte sie ignorieren, was ihr angetan worden war, aber sie hielt es nicht aus, mit einem kläglichen Laut urinierte sie, wo sie saß, bevor sie sich mühsam ein Stück vorbewegte, aus der Nässe heraus.

Ach Calypso, sagte Alix.

Sie dachte an einen Schwarm kleiner Vögel, die sie einmal in einem winterlich kahlen Baum beobachtet hatte, als sie, alleine, auf einem von Feuchtigkeit und Trübsinn überwältigten Spielplatz gesessen hatte, und wie aus dem Schwarm plötzlich zwei der Vögelchen tot zu Boden gefallen waren, gestürzt wäre ein zu dramatisches Wort gewesen, heruntergefallen, als wären sie plötzlich zum unbelebten Gegenstand geworden, der Schwarm hielt ein paar Sekunden inne, keines hüpfte von Ast zu Ast, als wüßten sie sehr wohl, was vor sich ging.

Aber es war doch etwas anderes als ein regelrechter Beruf.

Eine Katze war genug, dachte er, wenn er bemerkte, daß Alix vergessen hatte, Dosen zu kaufen oder Trockenfutter, oder vergessen hatte, das Katzenklo sauberzumachen.

Er war derjenige, der für andere sorgte, Alix dagegen war nicht in der Lage dazu, denn was immer sie tat, hatte etwas Zufälliges. Insgeheim glaubte Jan, was ihr gelang, gelang deshalb, weil es im Bund mit dem Zufälligen stand, daß sie Glück hatte, er glaubte tatsächlich, daß sie mehr Glück hatte als die meisten anderen Menschen, mehr als er selber, und daß ihr deshalb gelang, wofür andere arbeiten mußten.

Was seine Arbeit stärker in Frage stellte als alles andere, war, daß er seinen Patienten niemals helfen konnte gegen das, was er Geschick nannte, Geschick nicht im Sinne von Geschicklichkeit, sondern im Sinne eines höchst willkürlichen Schicksals. Aber oft wollte er auffahren, er wollte statt des Patienten zürnen, er wollte sich gegen das auflehnen, was hinzunehmen er seinen Schutzbefohlenen helfen mußte.

Und die Ungerechtigkeit war überall. Sie war auch zu Hause.

Es gab Zeiten, da er seinen Beruf haßte. Er kam sich vor wie ein Spielzeug, eine Puppe, für die man viel Geld ausgab, auf eine schwer erklärliche Weise zur Zierde bezahlt. Es gab Zeiten, da kam er sich vor wie eine Vogelscheuche, aufgestellt gegen die gierigen Spatzen des Unglücks oder der Ungerechtigkeit. Es gab Zeiten, da kam er sich vor wie der, den man bezahlt, um irgend etwas getan zu haben gegen das Unglück, unabhängig davon, was er tat oder sagte, und unabhängig von dem, was er verschwieg.

Die Berührung eines Tieres war für Jan zweifelhaft. Mit empfindenden Fingern über das weiche Fell, über die Verletzlichkeit der Kehle zu streichen, schien ihm sogar unanständig. Er sah es ungern, er sah ungern, wenn Alix die Katze streichelte, auch wenn er sich fragen mußte, womit er gerechnet, was er erwartet hatte.

Er selbst streichelte Calypso nur, wenn Alix nicht zugegen war, wenn sie schlief oder aus dem Haus gegangen war, er lockte dann mühsam die Katze zu sich, setzte sich mit ihr aufs Sofa und liebkoste sie. Danach war ihm, als hätte er sich heimlich eine Flasche Wein aufgemacht, obwohl er es verabscheute, allein zu trinken.

Und Calypso wußte es auch.

Alix ging in die Küche, sie holte unter der Spüle einen grün verfärbten Lappen hervor.

Nun geh schon ein Stück zur Seite.

Sie berührte den Körper ungern. Es war, als ströme seine Mattigkeit weiter und stecke sie an. Aber Calypso wartete, sie wollte auf den Arm genommen werden. Gleich, Calypso, sagte Alix ungeduldig. Der Fotoapparat lag auf dem Boden. Alix nahm ihn wieder, hob ihn ans Auge. Sie hörte es, ein kaum wahrnehmbares Ausatmen, wie ein Schluchzen. Mein ist die Rache, sagte sie. Es war die Rache.

Sie war ihr wie ein Polizist vorgekommen, beauftragt von Jan, ihr zu folgen, durch die Wohnung und aus der Wohnung hinaus, bis auf die Straße, zu Ahmeds Gemüseladen, und da sich Ahmed und alle seine Kunden und die Passanten auf der Straße amüsierten, über diese Freundschaft, solch eine Freundschaft zwischen einer so hübschen jungen Frau mit dunkelbraunen Locken und der pechschwarzen Katze, die grüne Augen hatte. Das war Calypso.

Alix drückte ab.

Calypso, jetzt geh mal zur Seite, sonst kann ich nicht aufwischen. Der Urin roch beißend. Wie ein Kind, fiel Alix ein, hatte Jan zu Anfang manchmal ärgerlich über die Katze gesagt. Wie ein Kind, und da war es Alix gekommen, warum er ihr die Katze gebracht hatte, zum Trost nämlich. Zum Trost eine Katze, zum Trost für kein Kind? Wie ein Kind, mein Gott, er war gereizt gewesen, als das Katzenkind durch die Wohnung strich, miauend, nachts, manchmal auch um fünf Uhr morgens. In die Ecke pinkelte.

Alix hatte Calypso zu sich ins Bett genommen,

wenn sie sich tagsüber hinlegte. Jan bestand darauf, daß sie sich tagsüber richtig ins Bett legte, im Nachthemd.

Sie fühlte sich nicht krank. Stimmen hörte sie selten. Sie hörte, was wirklich war. Jan wußte das. Ihre Eltern wußten das. Sie konnte nichts dafür, daß ihr Gehör war, was es war. Sie hörte, was Jan sagte, unten auf der Straße, er war umgekehrt, er näherte sich der Haustür, er redete mit einem unscheinbaren Mann, dem Haare aus den Ohren wuchsen, es war der Hausmeister seiner Praxis, mein Sohn, sie hörte es, sagte der Hausmeister, sie hörte, wie Jan sagte, ein Haustier, und sagte, auf die schiefe Ebene geraten, dann verschluckte ein Auto ihre Stimmen, das Auto stand mit laufendem Motor, und als es um die Ecke gebogen war, hörte sie nichts mehr als Calypsos Atem.

Jede Ehe, hatte ihre Mutter gesagt, habe ihren Stachel. Jede Ehe sei nichts als ausbalancierte Uneinigkeit.

Jede Ehe eine Unternehmung, die auf gegenseitiger Mißachtung und auf Erbarmen beruhe. Jede Ehe halte – es gab so viele Sätze. Als müßte sie nachholen, was sie in Alix' Jugend versäumt hatte, trug Clara ihre Auffassungen vor. Aber man kann niemandem helfen, sagte sie nach jedem Satz, wie um das Gesagte zurückzunehmen. Und sie verteidigte Alix nicht, wenn es zum Streit kam. Es kam nicht zum Streit. Clara mochte Katzen nicht. Katzen kratzen, sagte sie, sie war die einzige, die jemals von Calypso gekratzt wurde, aus Versehen allerdings. Calypsos Atem ging hastig und flach.

Alix öffnete die Balkontür, es war kalt draußen.

Ein Tier versorgen, sagte Jan zum Hausmeister. Er glaubte daran. Allerdings mochte er Tiere nicht.

Etwa in der Psychiatrie, hatte Jan beim Abendessen einmal gesagt, wie günstig es wäre, wenn man Tiere halten könnte, damit die Patienten.

Aber er hat ja dich, sagte Anton zu Alix, deswegen, er hat jemanden, den er versorgen muß. Anton schaute Alix ernsthaft an. Du weißt nicht, wie einsam es ist, alleine nach Hause zu kommen. Aber natürlich wußte sie es. Sie kam einsam nach Hause, sie ging einsam. Jan hatte ihr eine Katze geschenkt. Die Katze hatte sie überallhin begleitet. Es war, als habe sie ein Kind.

Und am Bauch hatte Calypso seit ein paar Monaten schon Knoten. Man konnte sie tasten. Man spürte die harten Erhebungen, wenn man ihren Bauch streichelte. Das Tier starb, es starb schon eine Zeitlang, und alt genug war es dafür.

Doch während es längst beschlossen war, daß man sich mit dem Tod abzufinden hatte, wehrte sie sich noch immer, so, als hätte ihr Leben nicht einmal angefangen. Da war er, der Tod. Die Katze hatte ihr Jan zum Ersatz für was auch immer geschenkt, und jetzt starb sie. Für unzertrennlich galten sie beide, Calypso hatte sie oft genug zu Ahmeds Gemüseladen begleitet oder bis hinunter zur Reinigung, Liebe aber bedeutete das nicht. Alix wußte, daß Calypso sie oft gehaßt hatte, wie sie Calypso gehaßt hatte, heftig und aussichtslos. Jetzt war die Zeit des Erbarmens gekommen, und als Alix sich hinhockte zu der Katze, sah sie, daß sie beide darin nicht gut sein würden.

Vorsichtig streichelte sie Calypsos Rücken, aber das Fell schien mit jeder Berührung nur zu verfilzen, und beide empfanden nichts mehr als Unbehagen an sich selbst und an der anderen.

Sie war froh, daß es schon hell war. Zwar wollte der Tag trübe bleiben, die Leute hatten sich aber schon aufgemacht zu ihrer Arbeit, und Schulkinder eilten verspätet mit ihren so großen Ranzen die Straße entlang, und Ahmed baute die letzten Steigen Obst auf die Ablage. Seine Tanten würden später kommen, aus dem Unverkäuflichen Cremes und kleine Vorspeisen bereiten und sie mittags anbieten. Bald konnte Alix das kranke Tier nehmen und einen Tierarzt aufsuchen, wenn sie es wollte. Jan saß schon, anteilnehmend nach vorne gebeugt, einem seiner Patienten gegenüber und hielt daran fest, daß Anteilnahme und jeder Satz ein winziges Stück einem besseren Leben näher rücken hießen.

Alix ging ins Schlafzimmer, öffnete die Fenster, legte die beiden Federbetten auf die Fensterbank und schloß hinter sich die Tür. In der Küche lag eine aufgeschnittene Espressopackung, das Pulver war herausgerieselt, daneben stand ein Weinglas mit einem winzigen Schluck, denn Jan leerte seine Gläser nie gänzlich.

Als das Telefon klingelte, wußte sie, daß es ihr Vater war, der anrief. Seit er vor zehn Jahren widerwillig in den Ruhestand gegangen war, rief er an. Erst einmal im Monat, dann wöchentlich, inzwischen alle zwei Tage.

Sie sah ihn, wenn er telefonierte. Er stand (nie saß er beim Telefonieren). In seinem Büro, das er nach der Pensionierung gemietet hatte, besaß er ein Schnurtelefon (zu Hause hatte Clara, des Gartens wegen, ein kabelloses Telefon durchgesetzt). Weit konnte er nicht weg vom Schreibtisch. Bis zum Fenster, um hinauszuschauen, kam er nicht. Er stand gerade, hielt das Telefon in der rechten Hand und verbot sich, mit der linken nervös zu fuchteln.

Sie dachte, es würde sie rühren. Er war alt. Das Altwerden der eigenen Eltern konnte keiner sich vorstellen, behauptete Jan, und obwohl er es nicht wissen würde aus eigener Erfahrung, da seine Eltern bei ihrem Tod die Fünfzig noch nicht erreicht hatten, hatte er recht, dachte Alix. Ihr Vater war alt geworden. Sie stellte sich manchmal vor, daß etwas sich lösen würde, eine Feder, die sie wieder und wieder hochschnellen ließ, die ihr Gehör anspannte, daß sie noch hörte, was ihr Vater sagte, wenn er sich schon umgedreht und das Telefon aufgelegt hatte. Die Gedenksteine, hatte er ihr einmal erklärt. Wenn ich aus dem Fenster gukken könnte beim Telefonieren, würde ich die Gedenksteine an der Ziegelmauer sehen, du erinnerst dich. Es ist ein Friedhof, im Grunde.

Das Büro hatte er sofort gemietet, er war mit seinen privaten Möbeln und Büchern und Unterlagen vom Gericht ein Haus weiter gezogen, ohne sich mit jemandem, mit Clara etwa, zu besprechen. Und Clara, die erwartet hatte, daß er nach Hause käme, daß er fortan zu Hause bleiben werde, war erleichtert. Er kam nicht. Er kam öfter zum Mittagessen. Dafür blieb er abends manchmal länger weg. Man hätte meinen können, er habe eine Geliebte. Er hatte keine Geliebte.

Aber er hatte begonnen, seine Tochter anzurufen.

Sie erinnerte sich an den ersten Anruf, der sie aufgeschreckt hatte, da während der Bürozeiten ihr Vater ansonsten niemals angerufen hatte, es gab für so etwas überhaupt keinen Anlaß, und nun also rief er an. Alix, rief er in den Hörer, als riefe er zu dringenden Hausarbeiten. Dann war er verstummt, als sie ihn freundlich fragte, wie sie es am Telefon gewohnt war, ob sie etwas für ihn tun könne. Sie hörte, wie er mit der Hand über den Anzugstoff auf und ab strich.

Hast du meine Telefonnummer notiert? hatte er gefragt. Zweimal hatte er sie ihr diktiert.

Jan sagte, dein Vater ist auf einen Schlag ein alter Mann geworden.

Dann aber war der erste Mandant gekommen, ein stämmiger, unintelligenter Grieche, der einen russischen Lehrling mit einer zerbrochenen Weinflasche angegriffen hatte, aus dem Nichts, aus Wut, aus Dummheit, vor allem, urteilte Barnow für sich, aus Dummheit. Er mußte an sich halten, nicht über das von der Staatsanwaltschaft geforderte Strafmaß hinauszugehen. Gerade deshalb fiel die Strafe milde aus. Der nächste Mandant, ein Freund (das Wort »Kumpel« brachte Barnow nicht über die Lippen) des Griechen, meldete sich alsbald. Diesmal war es Mord. Barnow war empört über die Gemeinheit des Mannes, der, ebenso ungeschlacht wie sein griechischer Freund, wie aus Versehen mit einem Sicherheitsgurt im Auto einen Mann stranguliert hatte, ein mageres russisches Männchen, so beschrieb er es Alix, mit der er am ehesten über die Fälle redete, das versucht hatte, gestohlene Autos über die Grenze zu bringen und dabei Geld beiseite zu schaffen, Geld, dessen unrechtmäßige Herkunft die neuen Besitzer nicht daran hinderte, mit aller Gewalt auf Eigentumsverhältnissen zu bestehen.

Es war Barnow merklich unangenehm, auf einmal derart über seine Arbeit zu reden. Aber es gab sonst keinen Grund, bei seiner Tochter anzurufen und sie am Telefon für ein paar Minuten festzuhalten, länger nicht, einen Kommentar erwartete er nicht von ihr, er wollte mehr, er wollte ihre Anwesenheit. Sie war da, zuverlässiger als seine Frau Clara, die schwimmen ging, einkaufte, die Bekannte traf, ihre alte Freundin Vera, mit jeder Woche schien Claras Leben zuzunehmen, es war ihm unheimlich. Alix hingegen veränderte sich nicht.

Sie nahm das Telefonat entgegen. Sie lief, das kleine Telefon in der Hand, durch die Wohnung. Er hörte, daß sie wußte, wo und wie still er stand.

Von ihrem Leben gab es an ihn wenig zu berichten. Er hatte begonnen, ihr Leben und ihre Ehe zu billigen.

Gleich kommt der Angeklagte G, sagte er ins Telefon, Raubmord, eine Kreatur, Alix hörte zu. Sie war nie mit ins Gericht gekommen. Sie wußte nicht, was er tat.

Er behauptet, er wußte nicht, was er tat, das behaupten alle, sagte Barnow, und wenn er mit Alix sprach, empfand er manchmal den Schmerz dessen, was geschehen war. In die Menschen konnte und wollte er sich nicht hineinversetzen. Aber die Ereignisse, die entsetzlichen, so beleidigenden, die Menschenwürde beleidigenden Ereignisse, das war es, was er spürte wie am eigenen Leib.

Ich lege jetzt auf, sagte er, wie er es immer sagte, bevor er es tat. Bis morgen!

Und da hupte ein Auto, eine Tür wurde aufgerissen, eine Kiste flog durch die Luft, Äpfel wurden herausgeschleudert und schlugen auf dem Asphalt auf und zerplatzten in der Wucht des Aufpralls, Ahmed hatte auch aufgeschrien, die sechs Schulkinder, die mit übergroßen Schulranzen vorbeiliefen, lachten und kreischten, der Autofahrer, ein stämmiger, aber kleingewachsener Mann in einer mittelbraunen Cordjacke, sprang aus dem Auto und schimpfte. Alix hörte seine Wut.

Sie hörte die Stimmen. Sie hörte Ahmed. Aber er schwieg. Sie wußte, daß ein Teil der Stimmen nicht existierte.

Das machte es anstrengender. Sie waren da, Stimmen, die murmelten, die bangten, die über das Wetter sprachen oder über die Hundekacke oder über die Zeitungsnachrichten, über das teure Gemüse, über die Milchpreise, über den Schornsteinfeger und die Schulferien, über die Vogelnester im Gesträuch, spillerige Gebilde, in denen, obwohl der Frühling noch fern war, die ersten Vögel brüten wollten. Im Hof war, in einer alten Forsythie, die längst ausgeholzt gehört hätte, ein solches Nest; eine struppige Amsel brütete dort über einem alten Ei, vermutlich vom vergangenen Frühjahr geblieben, die Amsel zwitscherte weniger, als daß sie murmelte, menschenähnlich. Schräg gegenüber wurden Dielen herausgerissen, es waren alte Nägel, sie staken in altem Holz, fast klang es wie Seufzen, als sie herausgezogen wurden.

Da waren Stimmen, Geräusche, Laute. Sie konnte danach greifen in ihrem Kopf. Sie sah die Gesichter manchmal aufblitzen. Sie konnte, wenn sie die Augen schloß, Jan nicht vor sich sehen. Keiner machte ihr weis, daß die Unterschiede fraglos waren.

Und zu ihren Füßen hockte die Stummheit. Fast schon verloschen, kaum noch zu hören.

Alix bückte sich.

Jan glaubte daran, daß man mit anderen Menschen, womöglich mit jedem Lebewesen auf Augenhöhe sein werde, wenn man es zuließ, sie hatten darüber oft gestritten. Es gebe keine Augenhöhe, sagte Anton, und Alix sagte es auch. Die Entfernungen waren nie überbrückbar, und, behauptete gegen Anton Alix, es gab immer eine Spur Verachtung zwischen den Menschen. Du kennst es nicht anders von deinen Eltern, sagte Anton. Du kennst es von deinem Vater nicht anders, weil er nie etwas anderes als Ankläger sein konnte.

Doch das war nichts als naiv. Es gab die Verachtung, da die einen früher als die anderen starben. Da die einen das Leben hatten, die anderen den Tod erwarteten. Also starb Calypso. Also starb im Hof die Amsel, und die Nachbarin, deren gefärbte Haare dünner und dünner wurden, starb auch. Eine Zeitlang war man hörbar, machte sich hörbar, je lauter, desto besser. Dann verstummte und verlosch man.

Und sie würde nicht zum Arzt gehen, dachte sie. Der Veterinär würde Calypso eine Spritze geben, damit sie stumm stürbe, ohne zu stören. Sie hatte Angst vor Calypsos Stimme, sie hatte vor ihrem Verlöschen Angst.

In Häßlichkeit und Würde saß Calypso unter einem Stuhl.

Gut, sagte Alix. Ich gehe jetzt erst einmal Milch kaufen.

Sie stand auf.

Der Computer piepste leise, um eine eingehende Mail anzuzeigen. Vom Verlag fragte die Herstellerin Frau Mathes, ob sie heute mit einem Entwurf des Umschlags rechnen dürfe.

Und Alix antwortete ja.

Es war der 5. Dezember.

Am 6. Dezember schlief Alix lange, denn sie hatte in der Nacht bis spät gearbeitet, trotz der Ermahnungen Jans.

Sie hatte nichts gehört, nicht einmal, daß unweit, an der Grunewaldstraße, ein Polizeiauto einen Lieferwagen gerammt hatte. Der Umschlag war fertig. Der Titel war in hohen, schlanken Buchstaben zwischen zwei Stühle gesetzt, die in einem Park fotografiert waren.

Alix mochte die Weihnachtszeit nicht. Sie mochte Jans Gewohnheit nicht, ihr kleine Geschenke zu machen. Zu Nikolaus legte er etwas vor die Wohnungstüre. Er brachte zum Advent einen Adventskranz. Jahr für Jahr besprachen sie, ob man einen Weihnachtsbaum brauche.

Dezember war der Monat, der ihr das größte Unbehagen bereitete. Mit Anton kochte Jan ein einziges Mal im Jahr, sie brieten eine Gans, ein Tier voll zähen Fettes, dessen Geruch noch tagelang in der Wohnung hing und das aus schierer Zumutung den Backofen so hartnäckig verspritzte, daß Alix einen Vormittag darauf verwenden mußte, ihn zu reinigen.

Abends würden Bernd und Anton kommen, sie würden zusammen Auflauf essen.

Erst als Alix eine PDF-Datei des Umschlags abgeschickt hatte, schaute sie nach Calypso. Scheinbar schlafend, flach atmend, lag das Tier auf seiner Decke. Hallo? fragte Alix.

Calypso hob mühsam den Kopf.

Ich gehe einkaufen, sagte Alix. Ich lasse die Tür ein bißchen auf. Vielleicht weiß Ahmed Rat, fügte sie hinzu.

Seit Ahmed endlich eine Frau gefunden hatte, die bald ein Kind erwartete und ein Jahr später ein zweites Kind, schien er um einige Zentimeter gewachsen, und an die Stelle seiner oft alten Witze waren eine anrührende Freundlichkeit und Fürsorge getreten. Siehst du, sagte er, die Zitronen mit den dünnsten Schalen haben den meisten Saft und schmecken am besten, kaufe niemals diejenigen, die so dicke, prächtige Schalen haben! Er nahm aus ihrem Einkaufskorb drei Zitronen und tauschte sie aus. Und wenn du Apfelsinen kaufst, ist es genauso, wie wenn du Zitronen kaufst. Und wenn du Lammfleisch kaufst, dann kaufe es nur von mir, damit ich dir ein frisches Stück heraussuche.

Was ist das? fragte Ahmed, als Alix vor den Gemüseauslagen stand und unter der Auslage nach einem Karton suchte.

Calypso ist krank, sagte Alix. Ich glaube, sie stirbt.

Und du willst sie wegbringen?

Ich will sie nicht wegbringen, ich will mit ihr zum Arzt gehen.

Ahmed zuckte mit den Schultern. So eine alte Katze, sagte er. Ich schenke dir eine neue.

Alix schüttelte den Kopf. Hörst du sie nicht? fragte sie ihn. Ich habe die Balkontür aufgelassen.

Ahmed schaute zu dem gegenüberliegenden Haus hinauf.

Die Katze miaute, sie streckte die Pfote durchs Gitter, als wollte sie winken, und Ahmed lachte. Ich sage dir, sagte er, wenn du sie meiner Tante gibst, bringt sie dir deine Katze morgen gesund zurück. Er nickte Alix zu und zeigte hinter sich, auf die Obstkisten im Laden, auf denen dicht an der schlecht funktionierenden Heizung Ahmeds drei Tanten saßen, Günay als erste, dick auf ihre dicken Beine aufgestützt, mit scharfem Auge das Gespräch ihres Neffen beobachtend. Sie wuchtete sich hoch und watschelte zu den beiden.

Hat er dir gesagt, daß ich dich gesund mache?

Alix zuckte zusammen. Nein, nicht mich, sagte sie. Meine Katze.

Deine Katze? Günay drehte sich zu Ahmed.

Ahmed nickte und zeigte zum Balkon, wo noch immer Calypso den Kopf durch das Gitter zwängte.

Hol sie runter, befahl Günay ihm. Er schaute zu Alix, sie streckte ihm den Schlüssel hin.

Denn er wußte, welcher der Schlüssel an Alix' Schlüsselbund der richtige war. Könntest du gleich sechs Flaschen Wasser mitnehmen nach oben? fragte Alix.

Ahmed schaute sie zweifelnd an. Soll ich wirklich die Katze holen?

Und sie hatte sich von ihm tragen lassen, als hätte sie nur gewartet, sich in seine Arme zu schmiegen, ohne einen Blick auf Alix, Tante Günay hatte sie nach hinten gebracht und ihr zwischen Holzkisten und Reissäcken ein Lager bereitet, auf dem sie ausruhen konnte, und morgen oder übermorgen, hatte sie zu Alix gesagt, werde Calypso genesen sein, wenn nur ihre Behandlung irgend anschlage.

So hatte ihr Günay gesagt, und Alix ging, mit Tüten beladen, denn sie wollte für Jan und Anton und Bernd das Abendessen bereiten, wieder hinauf, stieg die Treppen empor, erleichtert bei dem Gedanken, die Katze nicht vorzufinden, wenn sie hinaufkam, obwohl sie nachmittags mehrmals Calypso miauen hörte, so sicher und gewiß, daß sie durch die Wohnung lief und in den Schränken nach der Katze suchte, und da Jan, schon um fünf Uhr, nach Hause kam, wunderte sie sich nicht darüber, daß er Calypsos Fehlen nicht bemerkte.

Der Hausmeister hatte seinen Sohn zu ihm geschickt, einen schlaksigen Jungen, dessen Gesicht die letzten Spuren der Pubertät zeigte und der ohne Zorn dem Befehl des Vaters gefolgt war, den Herrn Doktor aufzusuchen, um Ordnung in sein Leben zu bringen, denn, so hatte Kolowski, der Hausmeister, erklärt, wenn einer jede Nacht hochschrecke aus dem Schlaf, dann könne er um sieben Uhr nicht bei der Arbeit sein, und er suche keinen Ausbildungsplatz, mit neunzehn Jahren, keine einzige Anstrengung, bloß Jobs, und er wisse auch nicht, woher das Geld komme, der Junge, wie er da herumlaufe.

Und er lief herum vor dem Fenster, die Straße auf und ab, kam unangemeldet zu Jan, lümmelte in dem sonst nie genutzten Wartezimmer, bis ein Patient ging, das Geringste, hatte Jan gedacht, einem Schlaflosen wieder zu Schlaf zu verhelfen, einem mutmaßlich simplen Burschen, der Kummer hatte und nicht erwachsen wurde, wenn »erwachsen« hieß, eine Ausbildung zu beenden oder sonstwie Geld zu verdienen.

Sah er ihn vom Fenster aus sich nähern, auf rührende und vul-

6. Kapitel

Irgendeine mildtätige Seele hatte sich seiner immer erbarmt und ihn zu Weihnachten eingeladen, und während all dieser Jahre hatte Jan gewartet und sich vorgenommen, daß er eines Tages Weihnachten feiern werde, wie es ihn glücklich machte, zu Hause, mit seiner Frau am Tisch sitzend, er hatte sich geschworen, daß er nie einen Weihnachtsbaum haben würde, Jan hatte es gehaßt. Das Fest der Liebe, zu dem auch er ein Geschenk gereicht bekam. Als könnte es dafür gelten, ihn zu entschädigen, war er fast jedesmal, wo er auch Weihnachten verbrachte während seiner Studienzeit, gefragt worden, ob er die Kerzen anzünden wolle. Dreimal hatte man ihn als Weihnachtsmann gebeten; er bekam ein rotes Kostüm und einen Bart, der einen Ausschlag hervorrief. Die Kinder hatte er beobachtet, wie sie über ihre Geschenke herfielen, das Papier aufrissen, die Schleifen zur Seite schleuderten, abschätzten, was ihre Geschwister bekommen hatten.

Mit Alix hatte er das erste Weihnachten in Paris verbracht. Das zweite Weihnachtsfest hatten sie mit Alix' Eltern am Elvirasteig gefeiert, wo es einen kleinen Weihnachtsbaum gab, ein Bäumchen, das Heinrich am 24. Dezember erst kaufte und das meist schon nadelte. Man war übereingekommen, daß es keine Geschenke gab; Heinrich fiel das leicht. Da er nichts zu schenken wußte, bekamen Clara und Alix an ihren Geburtstagen Geld, Jan bekam ein Buch.

Dann blieben sie Heiligabend zu Hause. Am ersten Feiertag versammelten sie sich mit Anton und Bernd, der aus Dillenburg frühmorgens zurückreiste, am Elvirasteig, Heiligabend selbst aber verbrachten sie zu zweit. Jedesmal war es, als könnte die Stille Jan entschädigen. Und Alix kochte, sie kochte für zwei, wie sie gerne für viele gekocht hätte, für ihre Eltern, für ihre Freunde, für ihre Kinder, inmitten eines freundlichen Getümmels, so, sagte sie Bernd einmal, als sie ihn am Bahnhof abholte am ersten Weihnachtstag und sie zusammen (es war noch der Bahnhof Zoo) die Treppen hinuntergingen und auf die Hardenberg-Straße hinaustraten, die gänzlich unbelebt war, nur ein einzelner Bus fuhr gerade, ohne auch nur zu verlangsamen, an der Haltestelle vorbei, so, sagte sie ihm, als könnte man sich doch noch rückwirkend eine Familie ausdenken, weitverzweigt, ein bißchen chaotisch sogar, wie man sie nur aus Geschichten kannte, aus jenen glücklichen Kinderbüchern, in denen die Anzahl der Geschwister und der Tiere das feste Versprechen gab, daß nie jemand alleine sein müsse.

Jan war aber ein Einzelkind, er hatte einen anderen Zustand nie erstrebenswert gefunden, und sosehr er seine Freunde liebte, so übertrieben schien ihm, daß Alix sie gleichsam adoptiert hatte, ohne sein Eingreifen hätten die beiden vermutlich sogar einen Schlüssel zu seiner Wohnung besessen, es war erstaunlich, wie eine Person von solcher Scheu sowenig Sinn für Privatheit haben konnte. Er kreidete es ihr an, daß er so selten mit ihr alleine war, weil sie nicht verstand, sich in vernünftiger Entfernung von den Dingen und Menschen zu halten, weil sie sich erlaubte, an al-

gäre Weise hübsch mit allzu vollen Lippen, allzu dunklen Augenbrauen über sehr blauen Augen, stand Jan unruhig auf, zog im Behandlungszimmer die Vorhänge zu, als sollte ihn mit diesem jungen Mann keiner sehen. Steffen klingelte nie sofort, wenn er, immer unpünktlich, kam, er ging vor dem Haus auf und ab, er lehnte sich an ein Mäuerchen, das die Nachbarn im letzten Jahr hochgezogen hatten, um ihren kleinen Vorgarten abzuschirmen, er pfiff sich eins, als müßte er beweisen, daß es ihm nichts ausmachte, zu einem Nervenarzt zu gehen. Das Schild allerdings hatte Jan vor Jahren entfernt. Sein Name stand auf dem Klingelbrett, das war alles, mit Doktortitel. Hartnäckig sprach Steffen ihn mit Herr Doktor an, er verstand sich darauf, Jan die Kluft fühlen zu lassen. Er zeigte, daß er Jan unter bestimmten Bedingungen begehrenswert finden könnte. Das Sofa, eine Liege, mit schwarzem Samt bezogen, in den springende Hirsche und Füchse geprägt waren, benutzte er, ohne zu wissen, wozu es diente; er legte sich darauf, mit nichts als einem dünnen T-Shirt bekleidet, ließ den linken Arm heruntersinken, schloß die Augen.

Jan gewöhnte sich nicht daran. Der Junge, der ein verzärteltes Gesicht hatte, vermochte nicht nur täuschend klug auszusehen, er assoziierte so leicht und frei, als wäre sein Geist beweglich und zutraulich zugleich, und doch verließ Jan nie ein Mißtrauen, er gestand es nicht, er fühlte sich aber belogen, und Steffen log.

Es ist meine Mutter, beharrte Steffen mit großer Geste, sie hat mich im Arm gehabt, um mir zu sagen, daß sie stirbt, sage ich Ihnen, ich erinnere mich näm-lich, ich war schon fünf, hat mein Vater gesagt? Vier Jahre? Nicht wahr? Er hat nämlich den Überblick verloren, und dann waren wir auf dem Friedhof, wir waren an dem Grab, sie haben mich bis an den Rand gelassen, im Frühling, ein nasser Tag im April, aber warm, das war es, die Erde haben sie mir weggenom-men, die ich in die Taschen des Jacketts stopfen wollte, ein Kinderjackett, ich habe es noch gesehen neulich in einem Schrank, ein Kleid von meiner Mutter und das Jackett, er hat es neben mein Bett gehängt, jeden Abend hat er es aus dem Schrank geholt, wenn er mir gute Nacht gesagt hat, das Licht wollte er nicht ausmachen, weil er dachte, ich habe Angst, dabei kann ich nur im Dunkeln schlafen, das war schon immer so, daß ich nur im Dunkeln schlafen kann, hat mir meine Mutter so beigebracht, daß es Nacht wird, sie kam dann rein, wenn ich nicht einschlafen konnte, und hat durch die Gitter vom Gitterbett mir noch einen Keks gegeben, meistens hatte sie

lem teilzunehmen, weil sie beständig irgend etwas oder irgend jemanden um sich hatte, denn er reichte nicht aus, er reichte ihr nicht, er genügte offenkundig ihren Bedürfnissen nicht. Alles hatte zwei Seiten, ihre Krankheit hatte zwei Seiten. Hy-perakusis war ein Wort. Warum konnte sie sich nicht auf das konzentrieren, worauf es ankam? Und er schalt sich und sagte sich, daß es auf ihn nicht ankam und daß sie krank war, wenn man das (ihre verrückte Empfindlichkeit, ihr gestörtes Gehör, die Stimmen) als Krankheit bezeichnen wollte, und da er Psychiater war und wußte, wo-von er sprach, war es eine Krankheit.

Übernimm dich nicht, ermahnte er sie. Er schäm-te sich, wenn er sich hörte, auch wenn er im Recht war.

Und spürte er vor Weihnachten, daß sie nervös war, unleidlich für ihre Verhältnisse, überspielte er es. Am Heiligabend würden sie, sagte er sich, zu zweit am Tisch sitzen, die aufwendige und lie-bevolle Mahlzeit, die er zubereitet, vor sich, sie würden einander anschauen und ganz beieinan-der sein. So träumte er es Jahr für Jahr. Jedesmal blieb der Abend hinter seinen Erwartungen zu-rück, nur einmal hatte sich an das Abendes-sen eine Liebesnacht angeschlossen. Es war eine Nacht, an die er sich erinnerte, weil Alix in seinen Armen ihn angefleht hatte um ein Kind. Er erin-nerte sich, wie warm es im Schlafzimmer gewesen war, sie hatten kaum eine Decke gebraucht, und wie durch die nur halb geschlossene Jalousie aus den anderen Fenstern zum Hof Licht in ihr Fen-ster geschimmert hatte, milder als sonst war es ihm vorgekommen, als wäre es wirklich Kerzen-licht, als wäre es ein Licht, in dem Zärtlichkeit, Lust und Versöhnung sich vereinten. Deswegen hatte er zuerst nur ihre sanfte, flehende Stimme gehört, eine Stimme, wie er sie von ihr noch nicht gehört hatte, und er hatte gespürt, wie sie sich an seine Brust und sein Geschlecht, an seine Schenkel schmiegte, besänftigend und erregend, aber dann, während er noch glauben wollte, daß sich etwas Wünschenswertes erfüllte, fing er an zu begreifen, was sie sagte. Laß uns ein Kind haben, laß mich ein Kind haben.

Der Abgrund der Einsamkeit, hatte er gedacht, war es, sie zu täuschen und zu begreifen, daß er seine Befürchtungen nie mit ihr teilen würde, daß seine Entscheidung unwiderruflich war, daß sie nie eins sein würden. Denn er wollte kein Kind. Er wollte es weder in ihrem Körper noch in ihrem und seinem Leben. Er wollte die Okkupation nicht, er wollte nicht zusehen müssen, wie der einzige Mensch, der ihm gehörte und nicht sterben würde, ein Baby im Arm hielt. Es war, als müßte er Zeuge seiner eigenen verlorenen Kindheit werden, und obwohl er wußte, es war nichts verloren gewesen, ertrug er den Gedanken nicht, zuzusehen, wie jemand mit der Liebe und Geborgenheit bedacht wurde, die er entbehrt zu haben glaubte.

Der Tod hatte nicht nur die Gegenwart und das Zukünftige verändert, der Tod gab auch der Vergangenheit ein anderes Ansehen. Der Tod ist ein Räuber, hatte ihm ein Kind einmal erklärt, es hatte auf einem Mäuerchen allein gesessen, Jan hatte sich neben das kleine Mädchen gesetzt, um zu erfahren, wo seine Mutter sei, das Mädchen hatte braune Locken gehabt wie Alix und graugrüne Augen wie Alix, er hatte neben ihm gesessen, sein Herz hatte geklopft. Der Tod ist ein lieber Räuber, hatte das Mädchen ihm gesagt und die Mütze tiefer ins Gesicht gezogen, dann war es aufgesprungen und vor Jan auf und ab gehüpft,

dann ihren Bademantel an, in die Tasche habe ich geguckt, ob nicht noch ein Keks drin ist, wenn er im Bad hing, und da waren immer Krümel und ein Feuerzeug oder Streichhölzer, sie hat geschimpft, wenn ich's rausgenommen habe, und einmal in der Badewanne ein Stück Papier angezündet, wie das heiß an die Finger geschlagen ist, die Flamme, und ich habe angefangen zu rufen, weil ich nicht wußte, wie es weitergeht, sie kam hereingestürzt und hat schon geschrien, so war das immer, daß sie anfangen zu schreien, bevor überhaupt klar ist, was Sache ist,

plapperte Steffen vor sich hin, immer schneller, immer kindlicher, manchmal richtete er sich von der Liege auf, schaute zu ihm, Jan sagte sich, daß es diese ungewöhnlich rund geschnittenen Augen waren, sehr blaue Augen, die dichten langen Wimpern, dazu die breiten Schultern eines Pubertierenden, dachte Jan, denn das alles paßte noch nicht richtig zusammen.

Und obwohl er Steffen nicht sonderlich mochte, stellte er sich vor, er könnte sein Sohn sein, der eigene Körper, Fleisch vom eigenen Fleisch. Es war eine Manipulation. Der Mund, hübsch geschnitten, plapperte und blieb dabei wortkarg. Er sagte, ich habe ein Geheimnis. Er sagte es wie ein Kind, und was er erzählte, war zwischen Kinder-

phantasie und Kino so ununter-
scheidbar angesiedelt, daß Jan
nie wußte, ob er die Polizei alar-
mieren müsse. Jan las nach; er
kaufte sich die BZ und den Tagesspiegel, und nachdem er zweimal gefunden hatte, daß unge-
fähr geschehen war, was Steffen
erzählte, glaubte er ihm. Ein paar
Monate danach erst fiel ihm
ein, daß sich Steffen ebenfalls
seinen Stoff aus der Zeitung
holen könnte. Kim hat gesagt,
sagte Steffen, und er sagte das, als
habe er alle Liebe aufgespart,
um einen Namen auszusprechen.
Kim hat gesagt, es ist ungerecht,
daß die Leute schuften und die
anderen ihnen das Geld abknöp-
fen. Er verteidigte ihn. Der hat
ihn erstochen, aber das war einer,
der Schutzgeld erpreßt hat, em-
pörte sich Steffen. Kim, sagte
Steffen, und Jan begriff, daß niemals jemand diesen Namen mit
solcher Liebe ausgesprochen
hatte, Kim, sagte Steffen und
richtete sich dabei ein wenig auf,
und es mischten sich Hingabe,
Bewunderung, enttäuschtes Begehren, würdest du mitmachen?
fragte Jan, egal bei was, dachte
er, du würdest alles für ihn tun,
und er war voller Neid.

Willst du mitkommen? fragte in
den Tagen vor Weihnachten Steffen, halb zum Fenster, halb zu
sich selbst, mitkommen! wiederholte er lachend, als würde Kim
mich mitnehmen, und Jan wußte
nicht, ob er antworten sollte.
Den Auftrag von Steffens Vater
würde er nicht erfüllen, Steffen

so! hatte es gerufen, der Tod ist ein böser Räuber! Es war über ein Papier gesprungen, das auf
der Straße lag, und seiner Mutter, die aus einem
Hauseingang rief, entgegengelaufen, ohne sich
noch einmal nach Jan umzuschauen. Er hatte gewinkt.
Bei jedem Kind hatte er gespäht, ob es dies Mädchen sei, das so ohne weiteres Alix' Tochter hätte
sein können, aber er sah sie nicht wieder. Er vergaß sie nicht. Wenn er an sie dachte, versuchte
er auszurechnen, wie alt sie sein mußte. Und er
wußte, hätten sie, er und Alix, ein Kind gehabt,
die Zeit selbst wäre eine andere geworden. Seine
Zeit. Sie hätte sein Leben zerstört und irgendeine
Wahrheit hervorgebracht.
Irrtümlich glaubten alle, seine Arbeit, die Arbeit
eines Therapeuten mit psychoanalytischem Hintergrund, bestehe darin, die Wahrheit ans Licht
zu fördern. Aber das war es nicht, woran Jan
glaubte. Er glaubte nicht daran, daß man Dinge
herausfinden sollte. Fragte man ihn, woran er
denn glaube, wollte er sagen, ich glaube daran,
daß einem das Herz bricht. Es war besser, daß keiner ihn fragte. Alix sagte er davon nichts, ebensowenig Bernd. Mit Anton hatte er darüber einmal
gesprochen.
Jan lächelte verlegen, wenn er daran dachte.
So hatte er nichts getan, um Calypsos Verbleib
herauszufinden, ein paar Tage lang hatte er darauf gewartet, daß ihm Alix erzähle, was mit ihr
geschehen war, aber Alix sagte nichts, und von
Tag zu Tag wurde es Jan physisch unmöglicher,
nach der Katze zu fragen. Er dachte an die Male,
als Alix verschwunden, ohne ein vorwarnendes
Zeichen nicht zu Hause gewesen war, wenn er
nach Hause kam, nicht zurückgekehrt, weder später am Abend noch in der Nacht oder früh am

Morgen, er hatte nicht gewußt, was er schlimmer fand, die Spurlosigkeit ihres Verschwindens oder den gänzlich unbestimmten Raum, den sie schuf, einen Raum, in dem die Stille von Anschlägen unterbrochen wurde, die ihn an den Lärm eines MRT-Geräts erinnerten, an Salven und ein dumpfes Pochen, es war ein erschreckender Ort, an dem er sich dann fand, so erschreckend, daß ihn jeden einzelnen Tag, den er die Treppe hinaufstieg in den vierten Stock, die Furcht befiel, er könne die Wohnungstür aufschließen und diese Leere vorfinden, die tatsächlich soviel mehr war als die bloße Abwesenheit Alix'.

Dann nahm er es sich vor, dem Verschwinden nachzugehen. Verschwinden aber war eine Krankheit, bösartiger als die, die er behandelte, bösartiger als ein Tumor. Verschwinden war die Abwesenheit, die wuchs und wucherte, bis sie dem, der Zeuge der Leere war, keinen Platz zum Atmen ließ. Er tastete mit der Fußspitze in den Abgrund, mehr wagte er nicht.

Und wenn er sich wieder aufrichtete, wenn seine Angst um Alix unbegründet gewesen war, wenn sich die Wohnungstür öffnete und er hörte, wie sie in der Küche hantierte, verachtete er sie ein bißchen.

Und wenn es mit der Angst zu tun hatte, wenn es mit seinen Ängsten zu tun hatte, nicht mit ihren? Er sah ihre Bewegungen manchmal so lose, daß sie wie unkoordiniert wirkten, er sah, wie sie aufhorchte, wo nichts zu hören war, wie in ihrem Kopf ein Zweifel auftauchte, wie sie verlorenging im Geräusch eines gänzlich fremden und gleichgültigen Lebens. Er hörte ihr zu, wie sie von Ahmed oder von den Nachbarn erzählte, deren Namen er nicht einmal kannte. Er sah, wie sie zu ihm blickte, beschämt, dachte er, wie eine Schwer-

würde unter seiner Obhut nicht anfangen, eine Lehre als Elektriker oder Koch zu machen, irgend etwas Anständiges, wie Kolowski gefleht hatte, aber Jan würde versuchen, ihn aus dem Gefängnis zu halten, dachte er und begriff erst kurz vor Weihnachten, als er Steffen zwei Wochen Ferien ankündigen wollte, daß die Gefahren für Steffen andere waren.

Die nehmen keine Kondome, sagte er. Das haben die nie akzeptiert, sie sagen, das ist für Feiglinge und Dummköpfe. Die akzeptieren dich nicht. Ich mache auch keinen Test mehr, ich kann ja nicht jeden Tag einen Test machen, und dann dauert es ja sowieso bis zum Ergebnis, sie sagen, sie gehen durch die Hölle, sie gehen sowieso durch die Hölle, das ist egal. Das sind Leute, denen ist es egal. Und sag mir mal einen Grund, warum sie nicht sterben sollen oder ich, ja, abkratzen, wie die Alten oder wie meine Mutter, halb aufgefressen das Gesicht, haben sie mir gesagt, oder verfault, so daß es stinkt. Und dann ist Weihnachten. Mich kotzt das an, sag' ich dir. Kujoniert mich mein Alter, daß ich mit ihm losziehe, Weihnachtsbaum schlagen! Und ich hab' ihn schon gefragt, dies Jahr, wegen meiner Mutter und weil kein Mensch das aushält, und wie sie alle im Schlaf schwimmen, mit den ganzen Weihnachtsbäumen von all den Jahren seither, im

Wasser, die brennenden Kerzen obenauf, wie in einer Kapelle, und Kim, Kim weiß nicht, wo er ist, weiß er ja nie, also hab' ich meinem Alten gesagt, daß ich nur mit Kim komme, auch wenn der mit mir nirgends mehr hingeht, das ist vorbei, aber an Weihnachten, da kriegt sogar er das heulende Elend, hat er erzählt, und sein neuer Lover, die haben ein Restaurant, und er hat eine Schwester, und wahrscheinlich gehen die ins Restaurant, aber Kim nehmen sie nicht mit, weil er ihnen peinlich ist, sagt er, weil er sich mit der Schwester verkracht hat, der war in sie verknallt, glaube ich, so eine alte Schachtel! Und Kim, der wird schon Wege finden, sich zu rächen, der hat niemandem je etwas durchgehen lassen, der nimmt nichts hin, nicht einmal, hat er gesagt, den Tod, und als wir noch zusammen waren, hat er so getan, als könnte er den Tod von meiner Mutter rächen, weil er auch gegen Gott, hat er gesagt, nicht hinnimmt, daß er sich was gefallen läßt. Und das kann ich dir sagen, mir ist es egal, wenn einer sagt, egal was er sagt, es ist mir egal, kapierst du? Ich liebe ihn nämlich, das ist es, da kannst du sagen, was du willst.

hörige, die kannte, daß ihre Behinderung eine stete Belastung für die anderen war.

Keine gute Absicht, keine Rücksichtnahme und keine Liebe konnten vertuschen, daß, wer einmal abgeglitten war, den gemeinsamen Boden verlassen hatte, weiterhin beobachtet wurde. Wer krank war, war unterlegen, dem Leben und allen anderen auch.

Und Jan dachte manchmal, wenn er die wenigen Schritte zu seiner Praxis zurücklegte, er werde eines Tages eine Frau finden, mit der er sich Kinder gewünscht hätte; keiner wußte wie er, was ein Mensch einem anderen antun konnte, weder Anton noch Bernd, geschweige denn Alix.

7. Kapitel

Es war eine quadratische Pappschachtel, der Dekkel ungeschickt beklebt von einem Kind, mit ungleichmäßig ausgeschnittenen Papierstücken in Grün und Blau und Gelb, die sich an den Rändern einrollten, die Schachtel war etwa dreißig auf dreißig Zentimeter groß und zehn Zentimeter hoch.

Mai Linh nahm Karton für Karton in die Hand, räumte sie in das Regal, das an der Rückwand der Abstellkammer befestigt war, die größeren stellte sie an die Tür, durch die das schwache Mittagslicht fiel. Sie suchte schon eine Stunde lang vergeblich. Inzwischen hatte sie es aufgegeben, die Glaskugeln finden zu wollen. Aber in der quadratischen Pappschachtel waren die Engel, auch der große Engel für die Spitze des Weihnachtsbaums. Nie hatte sie den Weihnachtsbaum aufgestellt, ohne zum Schluß feierlich den großen goldenen Engel zu befestigen, ganz oben, dort, wo man eine Leiter brauchte. Und jedes Jahr hatte ihr Bruder Johannes noch einmal geprüft, ob die Kerzen auch allesamt weit genug entfernt waren, um ja nicht den großen Engel zu gefährden, zum Ärger Georgs, der mit Recht anmerkte, ausgerechnet der Engel an der Spitze sei nun sicherlich nicht in Gefahr, Feuer zu fangen, und er hatte ihn schon an sich gerissen, war damit durchs Zimmer gerannt und hatte gedroht, ihn an die Flamme einer der Tischkerzen zu halten. Aber auch Georg hing an dem Engel. Er kam an Heiligabend, um mit

Sie erfuhr nie, daß in keiner der benachbarten Wohnungen jemand mit einem Hammer arbeitete, sondern daß zwei Männer vor der Tür waren, verärgert, niemanden anzutreffen. Georg hatte geschworen, seine Schwester sei zu Hause, immer und stets um diese Tageszeit. Er hatte gebettelt, man möge ihn aus dem Spiel lassen. Er war feige. Er log. Eigentlich wußte das jeder. Und weil er feige war, hatte Kim einmal spöttisch gesagt und wie um ihn zu preisen, war er fähig zu jeder Gemeinheit, um seine Feigheit zu überspielen. Georg hatte nicht einmal die Hand zur Faust geballt. Er hatte geschwiegen. Und trotzdem liebte ihn Kim, mehr als er Mai Linh liebte. Er konnte sich nicht sattsehen, an Georgs kräftigem Brustkorb, an den muskulösen Schultern, den schmalen Hüften, so anders als Steffens sich ewig anbietender, weichlicher Körper, der schmächtig und zugleich fast rundlich war, mit den kindlichen Pobacken, mit seinem kindischen Augenaufschlag. Aber Georg liebte ihn nicht. Georg war ein Verräter.

Am Ende konnte man niemandem, nicht einmal sich selbst, dachte Kim, trauen. Die Leute taugten eine Zeit, dann wurden sie porös. Sie wurden sentimental. Sie wollten doch gerettet werden.

Wenn es ging, zog Kim alleine los. Er behielt seine Trophäen für sich. Er war nicht grausam. Er liebte die Rache, die er schon entbehren konnte, weil er, nüchtern geworden, keine Besänftigung seines Zorns mehr wünschte, und wenn er sich entschieden hatte für die Strafe, die ihm angemessen schien, plante er exakt, um die Ausführung anderen übertragen zu können. Er wollte dabeisein, aber als Zuschauer, ungehindert von den Handhabungen. Ungetrübt von der Anspannung, mit der man jemandem Schmerz zufügte. Der Schmerz war etwas Reines, wohin die Angst die Leute führte, er sah es in ihren Augen, manchmal beneidete er sie, wie sie auszuschneiden schienen, was wichtig war, ohne Umweg oder Kleinlichkeit oder häßliche Beimischung. Jeder wollte rein sein. Es war das einzige, worauf es ankam. Jeder wollte ein Engel sein.
Jeder wollte das finden, was unzerstörbar war.
Ein einziges Mal, das er verschwieg, weil es einer Lappalie geschuldet war, nämlich seiner übermäßigen Liebe zu Wasserschildkröten, war ihm die Polizei auf den Fersen gewesen, zwei Polizisten, zwei ältere Männer, die riefen Haltet den Dieb!, als sie einen Gemüsehändler am

seinem großen Bruder und mit seiner großen Schwester zu essen. Für Mai Linh hatte er meist ein kleines Geschenk dabei. Er packte seine Geschenke aus. Wenn sie nicht den Engel fände, würde er enttäuscht sein. Sie fürchtete seine Enttäuschung, sie fürchtete seinen Jähzorn.

An der rückwärtigen Wand, da, wo ein kleines Fenster spärlich Licht in die Kammer ließ, sah sie etwas Rotes. Ihr Herz klopfte, aber als sie auf das Bänkchen gestiegen war, um es herunterzuholen, sah sie gleich, daß es nur der Fuß von dem großen Nußknacker war. Sie zog ihn heraus, hinter einer Tüte, in der ein Osterhase und zwei Eierschachteln waren. Dann entdeckte sie, unter einen Klappstuhl, den sie nicht mehr benutzte, gerutscht, eine Plastiktüte. Ihr Herz schlug, als sie die Hand danach ausstreckte, sie zu sich zog, das Volumen abschätzend, darauf faßte, noch nicht ganz enttäuscht, und schließlich hineinschaute. Tatsächlich war ein Karton darin. Es war aber ein Schuhkarton, schwarz und weiß, mit einer Aufschrift, die sie nicht entziffern konnte, etwas war darübergeschrieben, sie nahm den Deckel nicht ab, sondern schob enttäuscht den Karton zur Seite, und es klingelte zum zweiten Mal, ohne daß sie es hörte.
Dann hörte sie etwas, als hämmerte jemand in einer der benachbarten Wohnungen. Sie richtete sich auf, aber ihr Blick blieb im Zwielicht der Kammer gefangen. Wo konnte der Engel sein?

Der hochgewachsene Mann fiel ihr erst wirklich ins Auge, als er sie bat an einem Tag, an dem er mittags der einzige Gast war, sie möchte ihm die Speisen erklären. Er zeigte auf das Currygericht mit Auberginen. Aber haben Sie das nicht letztes Mal gegessen? fragte Mai Linh verwundert. Sie schaute in das Gesicht des Gastes, ein schmales, geordnetes Gesicht, und versuchte, sich an ihn zu erinnern. Etwas geschah in dem Gesicht, etwas verlor sich darin, und sie verlor sich mit, eine winzige Weile nur, es war wie eine Abwesenheit, und als sie sich wiederfand, schauten sie sich noch immer in die Augen, Mai Linh errötete, sie nahm die Karte, Heinrich hatte aber noch nicht gewählt, was er essen wollte, so kam sie an den Tisch zurück, und wie in einem Theaterspiel bestellte er irgend etwas, er dachte dann erst, daß er kein Huhn mochte, und sagte es ihr, aber er blieb doch dabei, er war unkonzentriert.

Sie brachte ihm das Essen, dann bat sie ihren Bruder, die Rechnung zu machen, und sie merkte, Heinrich hielt nach ihr Ausschau, und bevor er ging, kam er zu ihr und fragte nach ihrem Namen.

Fünf Tage nur waren vergangen, sie hatte die Tage aber gezählt, trotz des nieseligen, unfreundlichen Wetters war sie nicht ohne Zuversicht ins Restaurant gefahren, beinahe mit Freude, denn auf dem Weg zur U-Bahn-Haltestelle hatte sie die blau schimmernde Feder eines Eichelhähers gesehen und aufgelesen, sie hob den Kopf, als über die Steinplatten eine Kehrmaschine fuhr, der Mann, der in der Fahrerkabine saß, drehte sich nach ihr um, er lächelte schließlich und winkte, deswegen kam sie an diesem regnerischen und kalten Dezembertag voller Hoffnung in Zehlendorf an und betrat lebhaft das Restaurant, das noch leer war, nur der palästinensische

Ende der Straße hinter dem rennenden Kim sahen. Und so fürchtete Kim, daß sie ihn schnappen würden, nicht ahnend, daß er wegen zweifachen Mordes gesucht wurde und wegen einer langen Reihe von Raubüberfällen, und er hatte die beiden Wasserschildkröten über eine kleine Hecke in einen Garten geworfen. Er kannte sich in dieser Ecke Schönebergs nicht gut genug aus. Das Gebäude, in dem die Polizei untergebracht war, lag am Ende der Apostel-Paulus-Straße, da, wo sie den Park berührte. Wirklich bog in die Eisenacher Straße ein Polizeiauto ein, als er sie überquerte. Es war die einzig mögliche Entscheidung gewesen.

Nachts noch war er zurückgekehrt und hatte hinter der halbhohen Hecke nach den beiden Tieren gesucht, ohne Hoffnung, sie zu finden, und als er sich von der Martin-Luther-Straße her näherte (auf dem Tischtennistisch vor dem kleinen Kulturzentrum Weiße Rose lümmelten drei Halbwüchsige), schnürte vor ihm ein Fuchs über den Gehweg, und er trug etwas im Maul, etwas, das im Dunkeln nicht zu erkennen war. In dem kleinen Vorgarten leuchtete er mit einer Taschenlampe, bis er die Aufmerksamkeit eines Passanten auf sich zog. Er lief eine Runde, kehrte zurück, wühlte in einem Beet voller Mulch und altem Laub. Dann tasteten seine Finger etwas Rundes, Hartes, und weiter die schuppigen Beinchen des kleinen Kadavers. Er schaltete die Taschenlampe ein.

Ein leuchtendes Grün, ein Smaragdgrün, hatte er sich vorgestellt, so kostbar, daß ein solches Tier reichte, um die Flugkarten zu langen Sommerferien in Vietnam zu bezahlen, hatte er geglaubt, ein teures, unbezahlbares Tier, von dem seine Mutter Geschichten erzählte, wenn sie ihn auf den Schoß nahm.

Seine Eltern waren Verlierer. Er hatte seinem Vater ins Gesicht gespuckt. Er würde es wieder tun, wieder und wieder, bis zu seinem Tod, während seine Mutter von Panik gelähmt in der Küche saß, das Geschrei hörte, und er wußte es, sie nahm die Messer, sie fügte sich die kleinen Wunden an den Armen selbst zu, eine winzige Mörderin war sie, die in seltenen Ausbrüchen plötzlich Kims Vater anklagte, für den Verlust ihres Dorfes, den fernen Tod ihrer Eltern, sie nahm ein kleines Messer, dessen Zakken spitz waren.

Als er klein war, hatte sie versprochen, daß sie ihm eine Schildkröte kaufen würde. Eine Wasserschildkröte mit einem grünen Panzer. Aber es war nicht dazu gekommen. Und letztlich war nie ohne Zweifel zu klären, wer wem welche Wunden beigebracht hatte. Irgendwann hatte

Gehilfe Kazim wischte mit einem Lappen vorsichtig die Fensterbänke. Sie ging in die Küche, wie sie es zuweilen tat, und fing an, das Gemüse zu putzen und das Hühnerfleisch zu säubern und die Töpfe auf den Herd zu stellen, mit Sorgfalt jeden einzelnen Handgriff ausführend, als könnte man mit vorsichtigen Fingern das Schicksal und das Glück festhalten, so behutsam wie die Feder, die sie in der Tasche ihrer Jacke aufbewahrte, sie dachte an den Vogel, wie er den Kopf neugierig hin und her reckte, wie seine Wangen leicht gerötet waren, so leicht wie die Wangen eines jungen Mädchens, das seine erste Liebesverabredung eingegangen war, sie schaute zu den Fenstern hin, in denen sich der Tag hinschleppte, aber siehe da, auch hier flog ein Eichelhäher dicht an den Fenstern, setzte sich in die Zweige des kleinen Ahorns, stritt mit einer Elster, flog davon und kehrte zurück, die Töpfe und das Besteck klapperten nicht allzu laut, fast melodisch, Kazim fing leise an zu singen, er war in den Dreißigern, sah aber jünger aus, hilflos und gerissen, er erinnerte sie an ihren jüngeren Bruder Georg, der so spät geboren war, und Kazim erzählte manchmal von dem Dorf, das er nicht eigentlich kannte, dem Dorf, dem seine Familie entrissen worden war, ohne daß für ihn Schmerz geblieben war oder Sehnsucht, nicht einmal das, Kazim erzählte von seiner Kindheit in Jordanien, von seiner Ankunft in Deutschland, in Berlin, in Ostberlin genauer, an diesem Tag setzte er an, davon zu erzählen, wie er in die Schule gekommen war, in eine große, altmodisch und kalt wirkende Schule in Friedrichshain, unweit der Spree, unweit der Grenze also, er beschrieb die Schule, während Mai Linh das kalte Hühnerfleisch in große Würfel schnitt und an den hochgewachsenen Mann

dachte, der ihr in die Augen geschaut hatte, wortlos und überrascht, so kam es ihr jetzt vor, sie erschrak vor dem Blick, als sie ihn sich ausmalte, als
wäre es eine Berührung gewesen, und sie schalt
sich, während sie das Messer, das sie hatte sinken
lassen, wieder in die Hand nahm, und Kazim
sprach weiter, ein bißchen lauter, als hätte er etwas gehört von dem, was in ihr vorging. Da war
aber ein anderes Geräusch. Die Tür zum Gastraum war sehr grob aufgestoßen worden und gegen die Wand geschlagen, mit absichtlich lauten
Schritten traten drei Männer ein; als sie niemanden sahen, nahm der eine mit beiden Händen
den nächststehenden Stuhl, hob ihn hoch und
ließ ihn zu Boden fallen.

Kazim wandte sich nach hinten, als hätte er
nichts gehört.

Mai Linh stand auf, sie ging mit leichten Schritten, das Messer in der Hand, aus der Küche, sie
trat den drei Männern gegenüber und wunderte
sich, es waren drei chinesische Geschäftsleute
in langen Regenmänteln, der jüngste von ihnen
wandte den Kopf ab, als er fragte, wo ihr Bruder
sei.

Sie setzten sich an einen der mittleren Tische und
bestellten, Mai Linh wagte nicht, Kazim zu schik-
ken, sie briet selber das Huhn, sie beeilte sich und
wunderte sich nicht, als einer der Männer in die
Küche kam, er blieb am Eingang, sie konnte sich
nicht aufrichten, um ihn anzuschauen, sie wußte,
daß sie Angst hatte. Es war, als würde sie die
Angst nicht empfinden. Die Kränkung empfand
sie dafür um so schärfer, als Kazim hereinkam,
in der fast ausgestreckten Hand einen braunen
Umschlag trug. Als sie die Hand in die Tasche ihrer Jacke steckte, spürte sie die Feder, sicher wurde sie zerdrückt. Der Eichelhäher war trotzdem

alles die falsche Richtung genommen, es blieb nichts übrig, es
gab keine andere Richtung
mehr. Vollendete Tatsachen, das
war Kims Lieblingsausdruck.
Man mußte vollendete Tatsachen
schaffen.

Mai Linh war treu, wie Frauen
treu waren; wenn sie ihn genommen hätte, wenn sie ihn nicht
zurückgewiesen hätte, wenn
nicht auch bei ihr der Verrat gewonnen hätte, wenn sie ihn ertragen hätte. Er warf es ihr nicht
vor. Aber sie hatte keine Gnade
gehabt. Sie hatte nicht ihn von
sich gestoßen, sondern etwas anderes, etwas, das wichtiger war.
Für jeden Menschen mußte es
einmal einen anderen Menschen
geben im Leben, an dem sich
zeigte, daß es Erbarmen gab, daß
eine freundliche Macht, wenn sie
schon das Leben nicht wendete,
einen doch begleitete und tröstete und bewies, daß man sein
Leben verpfuscht hatte, daß man
gesündigt hatte, daß es aber
trotzdem Erbarmen für einen
gab. Daß es die Wahrheit gab, die
Liebe. Er war zu ihr gegangen.
Er hatte seine Hoffnung in sie gesetzt, aber sie hatte ihn fortgejagt.
Sie hatte ihn nicht einmal an
Weihnachten eingeladen. Sie
hatte ihn vergessen.

aufgeflogen, hier vor dem Fenster, als wollte er sie begleiten und ihr Glück bringen. Sie hörte den Mann aufatmen, es war wie ein Seufzer, der Ton schien sich in der Luft zu halten, singend fast, innig, und als Mai Linh aufschaute, war der Mann nicht da, sie hörte aus dem Gastraum Stimmen, sie blieb noch in der Küche, so lange, bis ihr Bruder kam, ohne sie zu begrüßen, mit drei Tellern in der Hand, die er auf der Spülmaschine abstellte, er roch nach Reiswein, er sagte, da ist ein Gast, er wartet, tadelnd wies Johannes Wang auf die Tür. Warum überläßt du das Kochen nicht Kazim? Wang schaute sich um wie ein gefallener Herrscher, und wo ist Kazim mit den Einkäufen? Er ging zum Herd, auf dem drei Töpfe vor sich hin dampften. Aber er streckte die Hand nicht aus, um die Deckel abzuheben, er fächelte sich nicht den Dampf zu, er ging ans Fenster und blieb dort stehen. Der Eichelhäher flog auch durch seine Blickbahn, zwei Krähen verfolgten ihn, er sah sie, hörte ihr harsches Krächzen, die Krähen flogen scharf die Tanne an, in der sich der Eichelhäher verborgen hielt.

Sie erwähnten nichts davon, die Feiertage kamen und vergingen, sie alle drei blieben schweigsam am Heiligabend, Johannes und Mai Linh gingen in die Mitternachtsmesse, Georg weigerte sich, zum ersten Mal seit Jahren gab es keinen Streit, und am ersten Feiertag, das Restaurant blieb geschlossen, besuchte Georg Mai Linh in ihrer Wohnung. Sie saßen an dem kleinen Tisch im Wohnzimmer, Mai Linh hatte ihn mit Tannenzweigen geschmückt, den Fernseher hatte sie mit einem Tuch verhängt und davor ihre Krippe aufgebaut, Tonfiguren, nur der Esel war zerbrochen, Georg brachte ihr einen Spielzeugesel von Schleicher, der in der Größe paßte. Um kurz nach zwei

Uhr ging Georg wieder, Mai Linh legte sich aufs Sofa, sie hoffte, Hu würde anrufen, dann schlief sie ein, sie schlief so tief, daß sie das Telefon nicht hörte, und sie träumte von dem kleinen Mädchen, es war in ihrem Traum gefangen und beklagte sich, daß es nicht wachsen durfte.

Zwischen den Jahren war das Restaurant gut besucht, einmal kam auch der großgewachsene Mann mit seiner Frau und seinen Kindern, wenn diese etwa Vierzigjährigen, die so höflich miteinander waren und zu ihr auch, seine Kinder waren, scheu betrachtete sie ihn, der mit fester Stimme bestellte und mit fester Stimme zu seiner Frau sprach; anscheinend hatte auch er keine Enkelkinder, denn während dieser Tage hätten doch seine Enkelkinder ihn begleitet; es war etwas, das sie doch freute, etwas, das sie teilten, und sie sah ihm fest in die Augen, als er fragte, wie sie heiße, und auf Wiedersehen sagte.

Obwohl sie den goldenen Engel für den großen Weihnachtsbaum im Restaurant nicht gefunden hatte, war kein Unglück geschehen, und an Silvester begann sie, sich auf das neue Jahr zu freuen.

8. Kapitel

Was den Jahresanfang anging, war Clara sentimental, und wieder einmal war Bernd der einzige,
mit dem sie ihre Sentimentalität teilen konnte, jedenfalls wagte sie nicht, ihre Tochter danach zu
fragen, ob sie gerührt sei, ob sie ihr Leben Revue
passieren ließ, ob sie Vorsätze hatte, ob sie sich etwas wünschte.

Und als wäre es offenkundig übertrieben, sich
derlei im März etwa zu überlegen oder im Juni,
fragte sie sich jeden Januar, was noch ihre Würde
ausmache, was die Würde eines Menschen sei,
was übrigbleiben würde dieses Jahr. Hölderlin,
dachte sie, war jung gestorben und hatte deswegen glauben können, daß der Gebrauch einem
die Seele abliste. Sie war alt und wußte, daß es
die Zeit selbst war, daß es der Nicht-Gebrauch
ebenso wie der Gebrauch war, der die Seele ab-
nutzte, daß zunehmend die Freiheit sich dem
Tod anähnelte: Die Freiheit bestand in Gleichmut
und Leere.

Es waren auch die ersten Tage und Wochen eines
neuen Jahres, in denen Clara bewußt wurde, wie
schmal der Grat geworden war, über den sie und
Heinrich noch hin und her spazierten, über den
sie Verbindung hielten, manchmal mit, manchmal ohne Boten, und das einzige, was stetig wuchs
in ihrem Leben, war das Territorium des Ver-
schwiegenen.

Sie betrachtete ihn und fragte sich, was in ihm
vorging. Wenn er, selten, einmal sie anblickte,
fragte sie sich verwundert, ob er die Entfernung

zwischen ihnen beiden ebenso empfand wie sie,
als nahezu unermeßlich. In diesem Januar dachte
sie, dies sei die stärkste Verbindung zwischen ihnen, daß die Entfernung eben unermeßlich war,
statt in Metern oder eben Zentimetern meßbar
zu sein. Noch immer unermeßlich, die Fremdheit, das Ressentiment, die Liebe manchmal, noch
immer, dachte sie, diese verrückte Verwunderung
kam dazu, daß man so viele Jahre miteinander
verbracht hatte, das ganze Leben – und manchmal, wenn sie in ihrem Sessel saß und las oder
wenn sie im Garten etwas arbeitete, einen Rosen-
busch zurechtschnitt, Unkraut zupfte, richtete sie
sich unvermittelt auf und dachte zornig: »Nein!«
Manchmal, wenn er nach Hause kam aus seinem
selbsterdachten Büro, wie sie es nannte, wollte sie
ihn an der Haustür erwarten und ihm sagen, daß
es ein Fehler war zu heiraten. Sie wollte ihm sagen, sie werde nicht noch einmal heiraten; dann
fiel ihr ein, daß sie in zwei Jahren achtzig Jahre
alt würde. Sie mußte lachen, es war ja zu spät.
Und bei allem Kummer war sie erleichtert. Auf
dem Gebiet war nichts mehr zu leisten, es war
vorbei. Nur von fern konnte sie sich an ihre Lei-
denschaften erinnern. Sie war nicht sicher, ob es
das wert gewesen war, die Ehe, ihr Sohn, der
Tod ihres Sohnes, ihre Tochter. Alles, was man
sich hätte ersparen können.
War sie im Garten, hob sie den Kopf und schaute
hinüber zu dem Haus, in dem sie nach ihrer
Hochzeit gewohnt hatten, ein freundliches, mo-
dernes Haus mit einem großen, abschüssigen
Garten, der bis an den See reichte, nur durch
einen Zaun und den schmalen Weg vom Wasser
getrennt, von der flach ins Wasser laufenden kleinen Bucht, die so verlockend gewesen war für
einen zweijährigen Jungen, der gerade laufen

konnte und an die Klinke des Gartentürchens reichte, wenn er sich streckte. Denn er war groß für sein Alter, er wäre ein großgewachsener Mann geworden wie sein Vater, wie Jan. Undenkbar, daß sie, um im Garten mit ihrem Mann zu schlafen, auf ihren Sohn nicht aufgepaßt hatte. Unvorstellbar, daß sie ein Kind geboren hatte, dachte sie manchmal und vergaß Alix. Und hätte sie ihr Leben noch einmal leben können, sie wäre kinderlos geblieben. Und nichts anderes hätte sie sich jemals gewünscht als gerade diese vier, die sie umgaben, von denen zwei, ihre Tochter und ihr Schwiegersohn, zwar verheiratet waren, die aber allesamt nicht einmal den Versuch unternahmen, sich den Anschein einer Familie zu geben.

Während sie, wie man es auch drehte und wendete, noch immer vor allem Ehefrau war, der einzige Ausweg in ihrem Leben konnte Heinrichs Tod sein. Aber auch als Witwe war, man verheiratet, man pflegte ein Grab, ein Sentiment dazu, das nicht mehr bestimmt war, sich zu verändern oder durch andere als rührende Erinnerungen angereichert zu werden.

Und als Clara sich darin eingerichtet hatte, daß nichts mehr sich bewegen würde in ihrem Leben und in ihrem Herzen, bemerkte sie mit Verwunderung, wie Heinrich, seiner Art entsprechend minutiös, anders war. Auf eine ungewohnte Weise abwesend, auf ungewohnte Weise lebhaft. Seine Augen belebten sich, jetzt merkte sie erst, wie lange sie die blasser gewordenen blaugrauen Augen nicht ausdrucksvoll gesehen hatte. Oh, man gewöhnte sich an dieses leise Absterben, man gewöhnte sich daran, daß die Augen des anderen ihre Aufmerksamkeit verloren, nachdem sie ihr Feuer verloren hatten, daß man Zeuge des Ablebens war, hatte Clara am Telefon zu Bernd wenige Tage zuvor gesagt, man ist tagtäglich Zeuge des Ablebens, wenn man verheiratet ist, glaube mir, sei nicht traurig, daß du alleine lebst, das eine hat soviel für sich wie das andere.

Und da man nicht damit rechnete, daß etwas geschehen werde, geschah etwas. Sie stand am Fenster, wenn er aus dem Haus trat, den Garten durchquerte, sich ins Auto setzte und losfuhr. Er wählte die Jacketts plötzlich aus, er tat es mit sicherer Hand, sie sah seinen Körper hinfällig und sah, daß er sich aufrichtete. Wenn er nach Hause kam, sagte er, daß er nicht hungrig war, er sagte, in der Nähe des Gerichts habe er ein gutes Restaurant gefunden. Er war heiter. Aber er war fast achtzig Jahre alt. Ein alter Mann mithin, der keinen Anlaß hatte, sich zu verändern. Ein alter Mann seines Standes verliebte sich nicht mehr.

Er suchte aber plötzlich nur die besten Hemden aus dem Schrank. Vier der schönen blauen, sehr fein gestreiften Hemden waren abgetragen, ein Tweed-Jackett war an den Ellenbogen abgewetzt, und sie fragte sich, ob es noch lohne, das Jackett zu reparieren, ob sie für ihn (und zu wessen Freude?) ein neues kaufen solle, ob sie ihn, nach all den Jahren, womöglich fragen solle, ob er, mit ihr, in die Stadt gehen wolle, um einzukaufen?

Sie fürchtete, er könne zustimmen. Sie wußte, daß sie nicht fragen würde, was um alles in der Welt in ihn gefahren sei, daß er sich plötzlich hübsch machen wollte. Denn so war es. Und während sie Jahre und Jahrzehnte geübt war darin, sich über sein Wo und Wie keine Gedanken zu machen, zu den wenigsten seiner Prozesse etwas zu erfahren, sogar in ein paar Fällen erst in der Zeitung zu lesen, womit er beschäftigt sein mußte und mit Leidenschaft, fiel es ihr jetzt auf, und sie litt darunter.

Sie wollte es nicht und wollte es nicht wahrhaben. Aber sie litt. Die Irritation begleitete sie fast alle Stunden des Tages. Sie wachte damit auf. Sie hörte die Atemzüge. Er schlief sehr ruhig. Er hatte immer so ruhig geschlafen, daß sie Sorge gehabt hatte nachts, er könne sterben, ohne daß sie es bemerken würde. Sie verabschiedete ihn jetzt nicht, ohne sich zu fragen, was er vorhatte.

Und wenn sie sich Rechenschaft ablegte darüber, ob sie ihm mißgönnte, was ihn belebte, so kam sie zu dem Schluß, daß sie ihn lieber tot wünschte als glücklich ohne sie.

In das Gefüge ihres Lebens war ein winziges Loch gestochen, wie von einer Nähnadel, es sickerte daraus nichts, aber ein Pfeifen hörte sie, kam es ihr vor, ein Pfeifen so dünn wie das Pfeifen von Wind an einem Fenster, das nicht richtig schloß. Sie hörte es. Sie prüfte alle Fenster, im Erdgeschoß, im ersten Stock, sogar ins Dachgeschoß stieg sie hinauf. Unter dem Dach fand sie die Kisten, in denen sie die Kinderkleider sorgfältig zusammengefaltet und mit Lavendelsäckchen aufbewahrte. Alix' Kiste hatte sie in rosa Papier eingeschlagen, Friedrichs Kiste in blaues Papier. Sie nahm sie hoch, einen Moment fürchtete sie, darunter Ungeziefer zu finden. Vorsichtig trug sie die blaue Kiste unter das größere der beiden Fenster.

Sie wollte den Deckel abheben. Dann richtete sie sich wieder auf und holte die zweite Kiste. Ein Mädchen und ein Junge, hatte ihr der Arzt gesagt, als sie, Friedrich noch im Kinderwagen, zu ihm kam, damit er die zweite Schwangerschaft bestätigte. Ich verspreche es Ihnen, Frau Barnow, es wird eine Tochter. Und wie er sie angesehen hatte, als sich herausstellte, daß es ihr Sohn gewesen, daß der schockierende Unglücksfall, bei dem ein Kind aus einem Garten herausgelaufen war und im See ertrunken, daß dieses Kind der kleine Junge gewesen war, dessen Mutter er bis zum Zeitpunkt der Geburt betreut hatte, daß sie ein zweites Kind erwartete, ihn schweigend anblickte, ohne die Bewegung zu zeigen, die man von einer verwaisten Mutter erwarten würde. Sie schwieg. Sie machte merkwürdige Bewegungen mit der rechten Hand, als wollte sie sagen, haben Sie Erbarmen mit mir, sagen Sie nichts, fragen Sie mich nicht, wie es geschehen konnte.

Aber freuen Sie sich auf Ihr zweites Kind? hatte er sie gefragt und sich schon abgewandt, während sie den Kopf gehoben und an die Zimmerdecke gerichtet gesagt hatte, ich freue mich auf dieses Kind, ich freue mich, und insgeheim hatte sie gedacht, ich werde es schützen, ich werde besser aufpassen, das verspreche ich Ihnen; es gab aber niemanden, dem man solch ein Versprechen machen konnte, sie selbst kam dafür nicht in Frage, und Heinrich, dachte sie, Heinrich hatte den Jungen nie geliebt, sowenig wie er das nächste Kind lieben würde. Kinder mußten sein, was ihn betraf, weil man selbst, sogar er, Heinrich Barnow, diesen Zustand hatte durchlaufen müssen.

Im Prinzip war ihm aber, wußte sie heute, mit Jan besser gedient als mit einem eigenen Sohn. Die Emotionen, die ein eigenes Kind forderte, brachte er nicht gerne auf.

Zum Lügen aber war er auch nicht fähig, schon gar nicht ohne Überzeugung.

Die Rührung über Babys, hatte er nach Friedrichs Geburt verkündet, sei die Rührung über die eigene Existenz, er habe aber keine Lust, über sich selbst gerührt zu sein.

Und immer wenn er von Kindern, von Familie,

von Zuneigungen oder Lieben sprach, war darin ein Zug Verächtliches, der Hinweis auf eine Schieflage, von der man sich freihalten sollte, wenn man es denn konnte.

Kleine Kinder hatten etwas peinlich Proletarisches an sich, und noch peinlicher war, sich zu gebärden, als wären sie der Nabel der Welt. Mann und Frau waren der Nabel der Welt. Frauen waren der Nabel der Welt, so lautete Heinrichs ausgeprochene Überzeugung. De facto und im Vollzug setzte er diese Überzeugung aber nicht in die Praxis um, vielleicht aus Angst, sich zu vermehren, vielleicht weil er es vergaß.

Denn er war vergeßlich. Was keineswegs zu ihm paßte, war eine Tatsache. Er vergaß es, Clara anzuschauen. Er vergaß, ihr ins Gesicht zu sehen. Er vergaß, mit ihr zu schlafen.

Oder vielleicht mußte man sagen, er vergaß es nicht, was er aber im Auge behalten wollte, wurde derart hauchdünn, daß er hindurchschaute, ohne es zu bemerken, sogar dann, wenn er es für das kostbarste Gewebe hielt.

Es war auf dem Dachboden kalt, sie hielt die kleine Kiste in der Hand und ihr war unbegreiflich, wie sie und wann sie den Karton genommen, das hellblaue Papier genommen, eine Schere zur Hand genommen hatte, einen Prittstift, um eine hellblaue Kiste für die Kleider ihres kleinen Sohnes zu basteln, und sie hatte die Kiste verwahrt, zusammen mit der Kiste für Alix, und beide sahen jetzt aus wie die Särge für Puppen oder sehr kleine Kinder; sie hatte, als Alix schon sechs Jahre alt war, ihre Tochter mitgenommen zum Arzt, damit er sehen sollte, sie war am Leben. Alix überlebte. Auf Alix gab sie acht. Alix durfte niemals alleine in den Garten, und wenn Clara schwimmen ging, täglich den ganzen Sommer hinein und bis

in den frühen Winter, übergab sie Alix der Putzfrau. Am Wochenende überließ sie das Kind
nicht länger Heinrich, damit er ein Auge darauf
habe, nachdem sie, vom See kommend, Heinrich
am Telefon und das Mädchen versteckt in den
Stauden gefunden hatte, zwischen Rittersporn
und Phlox, die eine mit der anderen Hand hal-
tend, weil eine Biene sie gestochen hatte, zu erschrocken, um zu weinen, zu unglücklich, dachte
Clara reumütig und zornig zugleich, während sie
das lautlos weinende Kind ins Haus führte. Alix
lernte nicht schwimmen, nicht einmal in der
Schule. Als sie wahrlich alt genug war, um still-
zusitzen, nämlich acht Jahre alt, nahm ihre Mutter sie mit ans Ufer, dort saß sie auf einem Stein,
während der Kopf ihrer Mutter kleiner wurde im
See, und manchmal mußte sie eine Stunde warten, eine Stunde lang, ohne auch nur die Füße
ins Wasser zu tauchen, denn Clara kontrollierte, ob ihre Füße, ob ihre Hosenbeine trocken
waren.
Clara kontrollierte, was den Tod bringen konnte,
das war fast alles. Sie hatte gefürchtet, daß sie ein
schon für sich übersensibles Kind damit in den
Wahnsinn trieb, aber ihre Angst war unstillbar.
Die Rücksichtnahme bestand darin, den Bruder
zu verschweigen. Der Lohn war, daß sich Alix
ins Wasser stürzte, es hatte nicht anders kommen
können.
Und während sie die hellblaue Schachtel hoch-
hob und in ihren Armen wiegte wie ein Kind,
dachte Clara, daß erst damals, als Alix versucht
hatte, sich zu ertränken, auf merkwürdig leichte
und leichtsinnige, beinahe heitere Weise im Ur-
banhafen zu ertränken, daß erst seither der Tod
ihres ersten Kindes verjährt war. Sie war seither
beruhigt gewesen. Das Leben war vielleicht nicht

glücklich geworden, aber lebbar. Sie war geschwommen. Sie war verheiratet geblieben. Sie deckte den Tisch.

Ihre Tochter litt an Hyperakusis. Das war besser als Schizophrenie. Sie hatte einen Psychiater geheiratet, immerhin, dachte Clara. Sie war verheiratet, wie ihre Mutter auch, zum Guten oder zum Schlechten, und es blieb ihr erspart, was ihre Mutter erlitten hatte.

Jetzt stand sie, im Alter von 78 Jahren, auf dem Dachboden, hielt Schachteln mit Kinderkleidern, die sie niemandem würde vererben können, in den Händen und hörte ein Pfeifen. Ein unablässiges, erbarmungsloses Pfeifen. Das Geräusch ließ sich auch hier oben nicht lokalisieren, sie suchte den Kamin, hielt ihr Ohr daran, sie drehte sich, immer den Karton in den Armen, ihr wurde schwindelig.

Hyperakusis war nur ein Wort, nur eine Empfindlichkeit, nichts weiter, keine Verwirrung, kein Geschrei, kein Zorn, weder gegen Heinrich noch gegen sie selbst, Clara hatte aber alles getan, damit keiner davon sprach, als würde ein Zustand zu einer Krankheit, zu einem Leiden, wenn man die befallene Person darauf aufmerksam machte, indem man benannte, worunter sie litt, und Clara litt auch. Sie hatte gelitten. Sie war tatkräftig und unerschütterlich geworden. Heinrichs Lieblingsessen waren Königsberger Klopse. Abgeschnittene Knöpfe bewahrte Clara in einer Blechdose auf, wie sie es von ihrer Großmutter erinnerte. Sie bedauerte, keine Geschwister zu haben; um sie herum war es leer. Mit größter Leichtigkeit lernte sie Leute kennen. Was für einen Sinn aber hatte es, Freundschaften zu schließen, wenn Heinrich kein Interesse an Fremden in seinem Garten hatte und einzig Vera für kurze Zeit seine Verbote durchbrach, weil sie nicht dazu gemacht war, Verbote wahrzunehmen?

Clara vermißte Vera Tag für Tag, die Frage der Geschwister war aber eine andere. Um sie herum war zuviel leerer Raum. Sie dachte sich, nur Geschwister oder andere Blutsverwandte könnten diesen Raum füllen. Da der Raum leer blieb, zog er sich in sich selbst zusammen wie eine verhinderte Schöpfungsblase, und für Alix, ihre Tochter, war kein Platz, etwas war so gründlich vergessen, daß es sich nicht mehr denken ließ, dachte Clara. Wo keine weiteren Kinder geboren wurden, war nur Leere. Die Schachteln, die kummervolle und die fröhliche, hätten ihr Leben nur gewonnen, wenn Alix ihrerseits Kinder zur Welt gebracht hätte.

Und das hatte sie vereitelt.

Es pfiff.

Kein Geräusch gab es, ohne daß man versuchte, es zu deuten.

Als sie die Treppe vom Boden wieder hinunterstieg, lauschte sie, ob sie Heinrich hörte. Er werde, hatte er gesagt, mittags nicht zum Essen kommen. Er kam nicht. Sie würde ihn nicht fragen, ob er das Pfeifen ebenfalls hörte. Heinrich, dachte sie, ist das Pfeifen.

Und Clara ging zum Telefon, um ihre Tochter anzurufen. Alix würde wissen, was solch ein Pfeifen bedeutete.

9. Kapitel

Die Puppe hatte Eleonore ihm bei seinem letzten Besuch übergeben, sie hatte ihn gebeten, das Kind mitzunehmen nach Berlin, damit es anderes kennenlerne als den Garten, als den Wald, gib auf sie acht, hatte Eleonore ihm aufgetragen, habe sie lieb, es ist deine Nichte, sie hatte überwacht, wie er die Puppe einpackte, wie er eine kleine geblümte Decke zusammenfaltete und auch in den Koffer legte, wie er vorsichtig den Koffer zum Auto trug, als ihn Hubertus zum Bahnhof fuhr.

Er war mit ihr Kleider kaufen gegangen. Erst hatte er sie in eine Plastiktüte getan, dann aber, in Sorge, sie könne ersticken, die Plastiktüte gegen einen kleinen Lederrucksack getauscht, den er sich von Alix geliehen hatte. Darin stand die Puppe, der Kopf guckte an der Seite heraus. In der Eisenacher Straße gab es zwar ein Spielzeuggeschäft, das Vertrauen erweckte, er fuhr aber trotzdem mit dem Autobus, als könnte er die Fahrradfahrt der Puppe nicht zumuten. Sie hatte eine Sondergröße, stellte sich heraus, er war verwirrt davon, er wußte nicht genau, was denn von ihm erwartet werde, und die Verkäuferin, eine junge Frau

An einem der letzten Tage des Januars änderte sich abrupt das Licht, es wurde hell, als hätte eine automatische Türe sich geöffnet, ohne daß Wind oder die Bewegungen der Wolken vonnöten gewesen wären, im Park zeichneten die Äste dünnste Linien gegen das übertrieben frühlingshafte Blau, und auf einer alten Weide saß im oberen Gezweig wie ein künstliches Gebilde ein Fischreiher, die Beine nicht von den feinen Zweigen zu unterscheiden.

Für zwei Stunden blieb es hell, als wäre in den Januar ein Sommertag hineingeschnitten.

Jan sah es aus dem Fenster seiner Praxis, Antons Wartezimmer war so voll, daß er nicht vor die Tür kam in der Mittagspause und nur bemerkte, die Patienten waren heiterer, Heinrich verließ früher als geplant sein Büro, Bernd stand vor seinem Buchladen und schaute zu Alix' Balkon hinauf, die Tür stand offen, und als er sie sah, rief er ihr zu, sie möchte herunterkommen.

Der Puppenmantel war aus dickem braunem Cordstoff und mit Kunstfell gefüttert, der Saum an der Kapuze und den Ärmeln mit Kreuzstichen in Rot und Blau geschmückt, etwas zu groß war der Mantel, also schlug er vorsichtig die Ärmel um, aber er konnte sich nicht entscheiden, wie er sie anziehen sollte für die Reise. Mit Hubertus hatte er ausgemacht, er werde die Puppe an den Kioskbesitzer schicken, bei dem Hubertus Zeitungen und Briefmarken kaufte und seine Zigarillos. Hubertus werde Eleonore erzählen, er habe sie vom Bahnhof abgeholt. Und nie wußte jemand, was Eleonore glaubte und was nicht.

Hilfst du mir? fragte Bernd schließlich Alix, als sie in das Kabuff hinter dem Ladenraum trat und den unordentlichen Stapel Puppenkleider betrachtete. Alix' Gesicht verwirrte sich. Sie trat vorsichtig näher und nahm die roten Gummistiefel mit den schwarzen Punkten in die Hand. Der weite Mund führte ein lautloses Selbstgespräch, und als sie Bernd in die Augen blickte, wich er ihrem Blick aus. Es blieb still. Sie standen nicht nebeneinander, wie er es sich gewünscht hätte, sondern versetzt, fast Rücken an Rücken, da sie einen Schritt nach rechts machte, um den Koffer, den er schließlich doch noch gekauft hatte, zu betrachten. Im KaDeWe hatten sie nur Plastikkoffer in Rosa angeboten, so war er, die Eisenacher Straße hinunterlaufend, in jeden der anliegenden Trödelläden gegangen, bis er, schon bei seinem Buchladen angekommen, im Lädchen gegenüber fand, was er suchte. Einen winzigen Kinderkoffer, winzig, wenn man an ein Kind dachte, ausreichend, wenn es um Puppenkleider ging.

Wenn du willst, sagte Alix schließlich und kniete nieder, um den Koffer zu öffnen. Was soll sie denn anziehen? Den Mantel braucht sie doch für die Reise. Stiefel auch, es ist ja noch kalt.

Und die Fiktionen begannen mit einer Handbewegung, mit einer nebensächlichen Einwilligung, mit einer spaßhaften Zustimmung.

Kannst du nicht fahren? fragte Bernd schließlich. Ich bringe es nicht über mich. Aber ich weiß, wie es Eleonore kränken würde, wenn ich ihre Puppe mit der Post schicke.

Wie heißt sie überhaupt?

Puppe, sagte Bernd. Sie heißt Puppe. Wie meine Großtante genannt wurde, von ihrem Mann, mit dicken rotblonden Haaren und einem mürben, weißen Gesicht, beriet und half, suchte Unterwäsche, Strümpfe, einen Schal, ein Kopftuch und eine Mütze, es war ein Stapel von Kleidern, dessen Preis ihn entsetzte.

Geraume Zeit war die Gegenrede die einzig wichtige gewesen, wütender Einspruch gegen die Gemeinheiten der Erwachsenen, gegen die Gemeinheiten des Verlustes, gegen die Gemeinheiten des Todes, dann war sie verstummt; jetzt geschah es, daß er, während er zuhörte, während er höflich Antwort gab, anfing, lautlos mit sich selbst zu sprechen, oder nicht einmal mit sich selbst, sondern ins Leere zu sprechen. Es waren nebeneinander zwei Stimmen, keine von ihnen machte sich lauter als die andere, keine verstummte für die andere. Es gab keinen Ausgleich. Es gab keinen Kampf. Es würde keinen Sieger geben, dachte Jan.

Anfangs hatte er sich eingebildet, er werde nun Alix besser verstehen lernen.

Bevor sie nach Dillenburg fuhr, wollte sie eine kleine Broschüre fertigstellen, die schon seit zwei Wochen auf ihrem Schreibtisch lag, eine Broschüre der Frankfurter Alzheimer-Gesellschaft, in der eine Serie von Fotos (eine Frau alleine vor dem Spiegel, die ihr Gesicht betastete) mit Bildunterschriften versehen werden sollte. Name und Datum unter zwei der Fotos, eine Art Titel unter drei weitere, der Name der Fotografin mußte untergebracht werden, es gab einen kurzen, sehr sachlichen Text, der den Krankheitsverlauf der Frau schilderte, ihr Abrükken, hatte ihr am Telefon die Vorsitzende der Alzheimer-Gesellschaft gesagt, von sich selbst, den Abbruch, dachte Alix, wenn sie die Fotos betrachtete, den Abbruch aller Brücken. Ins Nichts ging es nirgendwohin. Man durfte es sich nicht vorstellen, weil man es nicht begreifen wollte. Die Berührung mit dem Nichts, das nicht mystisch, sondern bloß bodenlos war. Das Foto, das Alix am meisten ergriff, zeigte die nicht alte Frau auf dem Boden eines Anstaltsganges, ein Bein über das angewinkelte Knie gelegt, auf dem Rücken, in den Himmel schauend, der aber nur die Decke der Institution war, in der sie ihre

am Schluß von allen. Sie war klein und zierlich und hatte lange Haare, auch als alte Frau noch. Vom Typ her war sie nichts weniger als eine Puppe, sie hat meinen Großonkel rausgeschmissen, als er anfing, zu trinken und zu spielen, sie hat das ganze Vermögen gerettet, vor ihm und der Dummheit meines Großvaters, der mit seinem Bruder solidarisch sein wollte. Marie Elisabeth hieß sie, sie hat es sogar geschafft, daß selbst ihr Mann zurückkam, nüchtern, dankbar und glücklich.

Alix schaute zur Tür. Ein alter Mann, auf ein Gehwägelchen gestützt, stand dort, eine Zigarette im Mund, er schaute in den Laden, an den Büchern vorbei, direkt auf sie beide.

Du meinst, ich soll mit der Puppe im Zug nach Dillenburg fahren und sie Eleonore bringen?

Am Ende, nach vier oder fünf fruchtlosen Gesprächen, in die sich jedesmal Jan mit nur scheinbarer Ruhe einmischte, beschloß Alix, daß sie also fahren, an einem Tag hin-, am nächsten Tag zurückfahren würde.

Als sie die Klappe über der Abstellkammer öffnete, um nachzusehen, was sich dort an Taschen und Koffern befand, stellte sie fest, daß nur ein einziger großer Delsey-Koffer noch da war, den Jan von seinen Eltern übernommen hatte. Sie stand, einen Fuß in der Luft, auf der kleinen Trittleiter, die sie benötigten, um an die oberen Fächer der Bücherregale zu kommen, eine kleine Holzleiter, die Alix beim Trödler um die Ecke vor der Tür hatte stehen sehen und sofort gekauft hatte, ein angenehmes, taugliches Möbelstück, auf dem sie jetzt fast das Gleichgewicht verlor, sie faßte nach der Tür, die zwar im Scharnier zurückschwang, aber doch Halt gab. Tatsächlich war die obere Kammer (im Gegensatz zur unteren, deren schmale Regale voller Schrauben, Marmeladengläser, Türgriffe, Klebstoffe und Farbtöpfe waren) so gut wie leer und sauber ausgefegt. Alix tastete mit dem Fuß nach der mittleren Stufe und stieg hinab, ohne die Türe zuzuschieben. Aus dem dritten Stock hörte sie das Klappern von Töpfen, das sie jeden Mittag hörte, jeden Tag in einer anderen Tonlage, hastig oder vergnügt oder gereizt, je nachdem, wie das ebenfalls kinderlose Ehepaar, etwa zehn Jahre älter als Alix und Jan, sich befand, und dann hörte Alix das Klappern der leeren Flaschen, die Frau Biel ins Treppenhaus stellte, um sie mittags, wenn sie hoffte, ganz unbeobachtet zu bleiben, zu den Glastonnen zu tragen, ein vorsichtiges Klappern war es, und die Tür wurde ganz leise zugezogen, einmal aber war Frau Biel versehentlich ein Stockwerk zu hoch hinaufgelaufen, hatte die Türe des Seitenflügels verschlossen vorgefunden und hilflos daran geklopft, leise und beharrlich, wieder und wieder, so, als könnte man doch bei sich selber anklopfen, wenn man es nur höflich genug tat und lange genug, und sich selbst die Tür öffnen. Alix hatte es zwar gleich gehört, eine Weile trotzdem nicht geöffnet, weil sie Frau Biels Schrecken und Beschämung fürchtete, das verwirrte Erbleichen, dies elende Gefühl, ertappt zu sein, und Monate gingen die beiden sich danach im Treppenhaus aus dem Weg, wichen nach oben und unten aus, jedes Geräusch am Briefkasten, an der Haustür, im Flur der Wohnungen Zeichen zurückzuweichen. Alix blieb neben der Tür des Seitenflügels, die mit einem Riegel verschlossen war, stehen und vermißte zum ersten Mal Calypso. Nachher würde sie hinunter zu Ahmed gehen und ihn fragen, wie es Calypso gehe, ob sie endlich gesund sei.

letzten Monate verbrachte, bevor sie auch zu schlucken und zu atmen vergaß. Seit zwei Wochen betrachtete Alix täglich die Fotos, sie hatte sie Jan gezeigt, Anton und Bernd, sie haderte damit, wie klein die vorzüglichen Fotos waren, und trotzdem fand sie es richtig, daß die Fotografie diskret im Hintergrund blieb, die Bilder sachlich erscheinen ließ. Die Schrift, und wie sie plaziert wurde, mußte die Fotos betonen, Alix wollte keinesfalls den Eindruck erwecken, daß sie eine Erklärung geben könnten, daß irgend etwas eine Erklärung geben könnte. Sie würde, dachte sie, den Namen der Frau bekanntgeben, den die Frau selber schon vergessen hatte. Sie würde für Identifizierbarkeit sorgen, wo alle Identifikationen sich auflösten.

Ahmed hatte zu Tieren nie eine besondere Zuneigung gehabt, dann waren seine Töchter geboren worden, er war in den Ferien zu seinen Eltern ans Meer gefahren, sie hatten im Hinterland seine Großeltern besucht, hinter deren Haus zwei Esel und ein paar Ziegen weideten. Vor dem Haus gab es Hühner, und immer war da eine Anzahl von Katzen, in achter Generation, wie Ahmeds Großmutter betonte. Getigerte Hauskatzen waren es, die Mäuse fingen und Schlangen. Mit eigenen Augen hatte Ahmed gesehen, wie eine alte Katze den Wurf einer anderen übernommen hatte und die Jungen gesäugt, und es war ihm vorgekommen wie ein Wunder, da er den schon trockenen Leib betrachtete, das matte Fell, dies Tier, das längst kränkelte und eigentlich schon zum Sterben bereit schien.

Aus den Nachbardörfern waren Frauen gekommen, als könnte der Anblick der Katze ihre Fruchtbarkeit oder den Milchfluß fördern, Frauen, deren Säuglinge vor Hunger schrien, störten die Tiere so sehr, daß seine Großmutter schließlich alle hinaustrieb mit einem Besen und mit Geschrei, danach blieben die Besucher ganz aus oder mäßigten sich doch jedenfalls, und die blinden Katzenbabys tranken, bis sich ihre Augen öffneten, sie wuchsen, bald suchten sie das Tageslicht und spielten abends im Hof.

Seine Tante Günay, die älteste Tochter seiner Großmutter, war auch dagewesen, sie saß vor dem alten Tier und flößte ihm Ziegenmilch mit Honig und Kräutern ein, die sie zerstampft hatte. Man mußte nicht fragen, ob es sich um Zauberei handelte. Keiner fragte danach, und schließlich hatte nach so langem Warten Ahmeds Frau doch Kinder empfangen und austragen können und zur Welt gebracht, gesunde, fröhliche Mädchen.

Günay hatte Calypso mitgenommen, ohne Ahmed zu sagen, was sie vorhatte.

Sie wollte warten, bis die ersten Kätzchen geboren würden, sie hoffte, einen Wurf vorzufinden, bevor es März wurde. Und wirk-

Gut, hatte er die vergangenen Wochen jedesmal gesagt. Es geht ihr gut, und er hatte gelacht, wie er lachte, wenn er von seiner kleinen Tochter erzählte.

Das Telefon klingelte. Sie schaute auf das Display und erkannte die Nummer ihres Vaters. Wäre es Jan gewesen, hätte sie ihn fragen können, wo die Koffer und Taschen waren, da es nicht Jan war, ließ sie den Anruf unbeantwortet, und wie immer, wenn sie ein Gespräch ausgeschlagen hatte, fand sie es plötzlich still, für Sekunden nur, fand kein Geräusch, das sich ihr aufdrängte und sie beschäftigte, und dann begriff sie, die Fotos berührten sie deswegen so sehr, weil sie – vor dem Tod – gänzliche Lautlosigkeit ausstrahlten. Sogar das zum Lachen verzogene und geöffnete Gesicht war lautlos.

Wie auch immer sie es betrachtete, dachte Alix, während sie die Spülmaschine anstellte, damit ihr Geräusch die anderen übertönte, Jan war überängstlich. Er hatte die Koffer weggetan. In den Keller oder zum Sperrmüll getragen oder verschenkt, ohne ihr Wissen. Er ging davon aus, sie würden nicht mehr reisen. Die Wahrheit war, daß Reisen ihr schwerfielen und daß sie allzuleicht in Aufregung geriet. Aber sie hatte das überschätzt. Jan überschätzte es. Ohne ihr Zutun waren trotzdem so viele Jahre vergangen, und es gab in jedem Gleichmaß Lücken. Es gab Abbrüche und Verwicklungen, doch Alix tat auch ihre Arbeit. Auf eine, wie Bernd jedesmal sagte, wenn er sie weiterempfahl, äußerst verläßliche Weise, unzuverlässig in allem, außer im Ergebnis, und wie ihre Unzuverlässigkeiten bloß temporär waren, so hatte sich im Fluß der Zeit eben doch alles immer wieder geordnet. Blieb sie einen Tag verschwunden, kehrte sie am nächsten zurück. Zog sie sich zurück, um dem schier unerträglichen Lärm auszuweichen, dem Stimmengewirr, den Dezibel, dem Getümmel in ihrem Kopf, wenn sie nur die Hauptstraße entlang bis zum Kaiser-Wilhelm-Platz gelaufen war, dann beruhigte sie sich doch wieder und war nicht viel mehr als überaus still für ein paar Stunden oder Tage.

Sie ging zurück in den Seitentrakt, um nach den Koffern zu suchen, die vielleicht nur weiter nach hinten gerutscht waren, als sie gedacht hatte, ins Dunkle, sie kletterte noch einmal in die obere Abstellkammer und suchte den Boden ab, tatsächlich fand sie einen alten Lederriemen, der von dem größeren Koffer stammte, einen Riemen aus weichem hellbraunem Leder, das zerfaserte, als sie ihn zwischen den Fingern rieb. Sie setzte sich und schaute sich in dem Dämmer um, es war still in dieser kleinen oberen Kammer, als sie sich an die Wand lehnte, merkte sie, daß ihr die Augen zufielen, dann war sie eingeschlafen.
Irgendwann erreichte einen der Schlaf, dem Tod so wenig ähnlich, da der Schlaf sich erst erfüllte, wenn man erneut aufwachte, verwirrt nur in den ersten Augenblicken, bis die veränderte Welt an ihren Platz gerückt schien. Sie erinnerte sich nicht, wie sie aus der Kammer geklettert war und ob sie das Läuten des Telefons aufgeweckt hatte. Den Apparat in der Hand, öffnete sie die Türe und trat auf den Balkon, ihre Mutter war es, in einer Stunde käme sie, sagte ihre Mutter, das ließ ihr wenig Zeit, sagte sich Alix und strich mit den Fingerkuppen über die Fotogesichter der Vergeßlichen, aber dann wußte sie endlich, wie sie anzuordnen waren, diese Bilder.
Und als ihre Mutter ins Zimmer trat, ohne sich an

lich erzählte ihr eine Freundin, ihre Katze habe im Januar, an einem besonders hellen, warmen Januartag, fünf Junge geworfen, von denen sie zwei gerne abgab.

Jan würde mittags nicht nach Hause kommen, er hatte sich vorgenommen, seine Abrechnungen zu machen, sie würde ihn erst abends fragen können, was mit den Koffern geschehen war, sie fürchtete die Frage und seine Reaktion, er war nicht einverstanden mit ihrer Reise, er war mit Bernd nicht einverstanden, der mit einer Puppe tat, als wäre sie lebendig. Er hatte vor Jahren Eleonore gesehen, er hatte eine Meinung, die er für sich behielt. Eleonore wäre, dachte er, kompatibler, hätte man sie dazu gezwungen. Kompatibel, das war sein Wort seit einem Jahr. Um Anpassung sollte es nicht gehen, um Kompatibilität aber sehr wohl. Zusammenleben war keine Kunst, aber auch nichts, das von alleine möglich blieb. Nicht ohne Tendenz hatte er Alix einen Aufsatz zu lesen gegeben, den er für einen Kongreß geschrieben hatte, indem er sie bat zu korrigieren, was sie an Ausdrucksfehlern finde, denn von ihnen vieren war ihre Grammatik die sicherste, und in dem Aufsatz legte er dar, wie falsch und sogar schädlich es sei, sogenannten Störungen eine Rücksicht entgegenzubringen, die daher rührte, daß man ihnen das Gewicht einer unbekannten Wahrheit gab. Die Vorstellung, es handele sich um schieres Fehlverhalten, schien barbarisch, so daß an eine der sogenannten empfindlichen oder überempfindlichen Personen nie Forderungen gerichtet wurden. Isolationsinseln waren es letztlich, auf denen sie lebten, hatte beim Essen Jan behauptet, und aus der Fassung brachte ihn nur Bernds ruhig gestellte Frage, ob er denn glaube, sie selbst lebten im Kern anders.

Alix, hatte er nachts gefragt, als sie nebeneinander im Bett lagen, leben wir auf einer Insel?

Sie hatte sich zu ihm gedreht, und er hatte seine Hand ungewohnt scheu nach ihrer Schulter ausgestreckt, um sie dann doch nicht zu berühren, als wäre das eine intimere Berührung als die ihrer Brüste; sie hatte ihm gesagt, leichthin, ach, das ist einen Tag so und am nächsten schon wieder anders.

Sie hatte keine Meinung und konnte seine Frage nicht beantworten, wie meist neigte sie dazu, Bernd zuzustimmen, es war allerdings wirklich jeden Tag anders, und wo sie hörte, was andere für Abgründe hielten, dachte sie ein ums andere Mal, es gebe am Ende doch keinen Abgrund, sondern bloß Erbärmlichkeiten, Schmerzen, Ängste und die allermerkwürdigsten Hochgefühle. Daniel in der Löwen-

der Wohnungstür aufzuhalten, sah Alix in ihrer Hand einen kleinen altmodischen Koffer. Vermutlich hatte Bernd ihr von der Fahrt erzählt, und Clara liebte ihn zu sehr, als daß sie kritisierte, was für sie kindischer Unfug war, eine Puppe eigens mit Begleitung und in der Eisenbahn zurückzubringen, eines der lächerlichen Projekte, mit denen sich ihre Tochter und deren Freunde beständig beschäftigten, so daß sie weniger und weniger Zeit hatten für Besuche, und mit Wehmut erinnerte sich Clara an die Sommer, in denen Bernd und Anton darum gewetteifert hatten, wer als erster im Schlachtensee schwimmen würde, um die Badesaison zu eröffnen, nachdem sie die ersten, noch kalten Monate des Jahres mit fast täglichen Spaziergängen erträglich gemacht hatten. Der Ernst des Lebens hatte begonnen, schienen sie sagen zu wollen, auch wenn niemals zu klären war, was das bedeutete. Clara fragte danach nicht.

Als sie mit Alix den kleinen Koffer mit den Puppenkleidern durchgesehen hatte, packte sie aus, was sie mitgebracht hatte, für das Frühjahr einen Pullover, zwei Hosen (die eine beige, die andere schwarz), eine hellblaue Bluse, einen Rock, dazu passende Strumpfhosen und ein Paar Schuhe. Vom Leben blieb nichts, wenn man es nicht weitergab. Dazu war das Leben da, daß man es weitergab, weniger wie etwas Heiliges als wie etwas, an dem man sich die Finger verbrannte. Das war es, dachte Clara, was sie an ihrer Tochter, an Jan, selbst an Anton und Bernd irritierte, sie verbrannten sich nie die Finger, es gab nichts, das sie gefährdete, nicht einmal der Tod schien sie zu gefährden, nicht einmal die Verrücktheit, auch nicht die Einsamkeit.

Sie konnte das Gesicht ihrer Tochter nicht deuten, als Alix die Puppe, angezogen, angetan mit einem Hut und mit einem Regenmantel neben sich, an den Koffer lehnte.

Fertig! sagte Alix.

Meinst du das ernst? fragte Clara gereizt, und Alix drehte sich zu ihr. Es ist alles ernst gemeint, lachte sie, und sie zeigte auf Claras Einkäufe, sie schlüpfte in den Mantel. Seit sie neunzehn Jahre alt war, hatte sie dieselbe Kleidergröße.

Wie gut, bemerkte Alix, daß sich so wenig ändert. Sie senkte den Kopf ein bißchen, in ihrer Stimme lag etwas Boshaftes. Findest du nicht auch?

Clara stand in der Küche, sie schob einen Zinnteller mit zwei Zitronen darauf zur Seite, es ist bei dir aufgeräumt, bemerkte sie, als wäre das überraschend, sie nahm ein Glas, ein Handtuch, polierte das Glas, wie ihren ganzen Haushalt machte sie derlei so rasch und nebenher, daß niemand je dachte, sie könne selber kochen, selber die Wäsche waschen und sogar bügeln, daß sie ihre Vormittage nicht damit verbrachte, in einem Lehnstuhl am Fenster zu sitzen, von wo man den See allerdings auch nicht sehen konnte, zu lesen, sondern am Laufen zu halten, was das Leben von zwei, von drei oder sogar vier Personen war. Denn sie kümmerte sich nicht nur um Alix' Kleider, sie kaufte auch für Jan die Hemden.

Ein Kind blieb immer ein Kind, wie alt es auch ist, sagte sich Clara, die Fürsorge erlosch erst mit dem eigenen Leben. Wer bringt dich, fragte sie ihre Tochter, zum Bahnhof?

Bernd natürlich, antwortete Alix. Natürlich Bernd.

Clara streckte die Hand schließlich aus, um das Puppengesicht zu berühren. Pfeift es in deinen Ohren auch? fragte sie ihre Tochter.

grube, er war die zutiefst melancholische Gestalt, die besagte mit ihrem traurigen Gesang, daß einem nichts zustieß, auch wenn der Tod drohte und gleichgültig, wie groß die Angst war. Nichts öffnete eine Tür in eine andere Welt. Und ob es eine solche Türe überhaupt gab oder nicht, war gleichgültig, wenn sich die Tür nicht nur nicht öffnete, sondern man unfähig war zu unterscheiden, was Wand und was Tür sein mochte.

Daß Alix die Geschicklichkeit Claras geerbt hatte, merkte keiner außer Bernd, dem sie in seinem Buchladen genug half, die Ecke mit zwei bequemen Stühlen, einer Glaskaraffe und Gläsern, einer guten Espressomaschine nicht nur einrichtete, sondern auch in Ordnung hielt. Es war möglich, tatkräftig zu sein, ohne daß es einer bemerkte – eine Frage des Stils, nicht der Taten, es gab keinen Maßstab dafür, daß etwas geschehen war und was geschehen war.

Bernd verletzte sich am Abend, er stolperte, er stolperte über die Schwelle zwischen dem Schlaf- und dem Wohnzimmer, er fiel, was er sich tat, war unbedeutend, aber er konnte nicht mehr Auto fahren. Sein Fuß war dick. Er paßte in keinen Schuh. Er rief Alix an, Jan antwortete.

Das ist eine Schnapsidee, so oder so, sagte er zu Bernd. Ich kann Alix nicht zum Bahnhof bringen, ich habe Patienten.

Er drehte sich um und schaute zu Alix, die am Computer saß und nichts zu hören schien.

Ihr schön geformter Kopf war leicht gebeugt, sie konnte minutenlang bewegungslos sitzen und betrachten, was vor ihr auf dem Bildschirm war, um dann in schneller Abfolge die Befehle einzugeben, eine Ordnung herzustellen, die präzise war und unaufdringlich, er schaute ihr über die Schulter und sah kaum, was sich verändert hatte, er spürte nur an den Augen das Ergebnis, so wie man eine leichte Temperaturveränderung spürt und sogleich wieder vergißt, da sie angenehm war und nichts weiter. Sie machte sich unsichtbar in dem, was sie tat, nicht viel anders als er selber, der versuchte, seinen Patienten entbehrlich zu werden. Aber seine Tätigkeit war, fand er in seinem Herzen (und Alix hätte ihm sofort zugestimmt) trotzdem von anderer Bedeutung, für sich genommen und für sie beide. Ihr eßt vom Leid deiner Patienten, hatte Bernd gespottet und sofort selber hinzugefügt, indem er auf den Teller vor sich zeigte, und ich auch.

Jetzt war Bernd nicht fähig, sich um das zu kümmern, was auf seinem Mist gewachsen war, und statt möglichst zu vergessen, daß Alix wegfuhr und erst am folgenden Tag wiederkam, mußte Jan sich darum kümmern. Es war eine Schnaps-

Sie hatte die Ferien ihrer Kindheit gehaßt, die Strandferien in der Bretagne, die Ausflüge mit dem Auto, Picknicks im Schatten romanischer Kirchen, die sorgfältige Müdigkeit ihrer Mutter, wenn sie endlich die Koffer gepackt hatte, Heinrichs und ihren Koffer, und Alix' Kleider in einer großen Reisetasche verstaut. Die lange Fahrt durch die DDR hatte Alix jedesmal wie in Trance erlebt, sie hatte nie wirklich geglaubt, daß alles, was hinter der zweiten Grenze lag, anders existierte denn als Ferienziel, als eine Illusion, die man sich in West-Berlin machte, eine willkürliche, verbissene Entscheidung. Warum blieben sie nicht am Schlachtensee?

In ihrem fünfzehnten Sommer trug Alix einen Schal und verbarg ihren Hals und ihr Kinn. Sie trug den Schal auch, als man zu den jährlichen Sommerferien ans Meer aufbrach, sie trug ihn in der Sommerhitze, sie entkleidete sich nicht, sie ging nicht schwimmen. Das war der Sommer, in dem sie gar nicht sprach und ihre Mutter sich unruhig fragte, ob sie tatsächlich stumm geworden sei, während Heinrich zürnte, Tag für Tag, vom Morgen

idee, sagte er zornig zu Bernd. Hast du Angst? fragte scherzhaft Bernd, aber Jan hörte seiner Stimme an, daß er sich ebenfalls unwohl fühlte. Alix war aus dem Zimmer gegangen.

Sie suchte eine Wolldecke, eine Reisedecke, stellte sie sich vor, als müßte sie für die Puppe und sich mit einer Unterbrechung rechnen, einer Nacht, die man auf einem Bahnhof oder in einem Zug verbringen müßte.

Er hatte Angst. Sie wußte es, wieder gelang es ihr nicht, mit ihm zu fühlen. Sie war so selten gereist. Zu ihrem fünfunddreißigsten Geburtstag hatte Jan sie nach Venedig eingeladen. Sie waren den ganzen Tag mit den kleinen Vaporetti herumgefahren, da Alix fieberte und zu schwach war, zu laufen.

Natürlich nehme ich den Bus zum Hauptbahnhof, sagte Alix so laut durch die Küche, daß es auch Bernd, am Telefon, hören konnte. Es gibt einen Metro-Bus. Jan schaute sie erstaunt an, so war es aber immer, daß sie Dinge wußte, die man nicht für möglich gehalten hätte. Meine Güte! fügte Alix energisch an und wandte sich wieder ihrer Buchseite zu, auf der ein Foto unterzubringen war, das eine kleine alte Dame im Wald zeigte, sie deutete mit dem Spazierstock auf einen Baumstamm, so schien es auf den ersten Blick, auf den zweiten Blick war es wahrscheinlicher, daß sie gar nicht wußte, was für einen langen und seltsamen Gegenstand sie in der Hand hielt. Alix wollte, daß die Seite etwas von der Orientierungslosigkeit wiedergab, daß der Blick der Betrachter unsicher über die Seite glitt, ohne den rechten Halt zu finden.

Alix stand auf. Sie ging zu Jan, der nicht mehr am Telefon sprach, und umarmte ihn.

Jan hielt sie an den Schultern fest, als sie sich von

an, fast pausenlos. Und Clara saß am Strand, von Sonnenaufgang an, bis die ersten Badenden schließlich kamen, sie saß am Strand, ohne Buch, ohne irgendeine Ablenkung. Alix begleitete sie, in einiger Entfernung, versetzt drei Meter hinter ihr sitzend, daß sie auch aus den Augenwinkeln das Sichtfeld ihrer Mutter nicht berührte. Und Heinrich brach allmorgendlich auf, sie zu suchen, hungrig, erbittert, daß man ihm so etwas antat, er sah das Meer nicht, er versank im Sand, er wollte sein Frühstück, und seine Tochter anzusprechen, wagte er nicht.

Das Auge bewegte sich, es schloß sich fast nie, bevor es nicht alles gesehen hatte, was es zu sehen gab, es sah und vergaß danach, aber erst einmal – sah es. Getreulich und mit fast kindlichem Eifer sammelte es auf, was man ihm vorsetzte. Gab das Auge die Hoffnung auf, zu sehen und zu behalten, was es gesehen, wurde es still und unbewegt, wie das Auge des Esels auf dem Bild Watteaus, das den Schauspieler Gilles zeigt, hinter dessen Beinen ein Esel am Bildrand sich lagerte, ein müdes Tier, das in Gesellschaft war, die es kaum noch wahrnahm.

So geschah das Wichtigste im Rücken der Hauptfigur, die

weder verwirrt noch klarsichtig war, sondern mit dem Blick des Tieres bloß aufnahm, was sich zeigte, ohne Urteil und Erkenntnis, und die sich nicht umdrehen würde, um teilzunehmen an dem, was hinter ihrem Rücken vorging.

ihm lösen wollte, er beugte sich zu ihr und küßte sie auf den Mund, er spürte, wie leicht ihr Körper war, und wie so oft fragte er sich, ob er sie zwingen könnte, mit ihm zu schlafen. Er war sich nicht sicher, ob er stärker war. Aber entgegen allen Einsichten wünschte er sich, sie zu besiegen. Oder daß sie wenigstens den Kampf bemerkte.

Dein Vater kann dich doch zum Bahnhof bringen, sagte Jan. Aber wieso? fragte Alix. Ich habe für mich ja nur eine kleine Tasche, oder ich nehme den Rucksack, den ich Bernd geliehen hatte.

Wann geht dein Zug?

Um neun Uhr zweiunddreißig, sagte Alix.

Ich habe um acht Uhr den ersten Patienten.

Ich weiß, sagte Alix.

Wegen einer Puppe! rief Jan.

10. Kapitel

Mai Linh war von der Bitte ihres Bruders überrascht worden, sie möchte ihn zu einem Termin im Krankenhaus begleiten, er hatte einen großen braunen Umschlag in der Hand gehalten, als er sie bat, es waren darin Röntgenaufnahmen, sagte er, von seinem Unterschenkel, mehr wollte er nicht sagen, er zuckte nur mit den Achseln, es war deutlich, daß er Angst hatte, und sie dachte, daß von überall plötzlich Unglück kam. Sie sagte Wang, um zehn Uhr werde sie ihn treffen, in der Invalidenstraße, unweit des Hauptbahnhofs, sie wollte den Bus auf der Potsdamer Straße nehmen, es gab von dort einen direkten Bus zum Bahnhof. Sie hatte einen Rock angezogen, eine weiße Bluse noch einmal aufgebügelt, als würde sie zu einem Familienfest fahren, und sie trug den neuen Mantel. Anders war es nicht vorstellbar, als daß ihre Kleidung, ihre Würde, ihre aufrechte Haltung die lauernde Gefahr bannen würden, daß der womöglich gierige Tod zurückweichen würde oder sogleich begreifen, daß der Bruder dieser Frau vorzeitig nicht sterben konnte, daß er, der Tod, die falsche Wahl getroffen hatte.

Sie ging zu Fuß die ihr verhaßte Pallasstraße entlang, unter den Sozialbauten widerwillig hindurch, sie duckte sich, wenn sie unter den Wohnriegeln entlangging, jederzeit mit Unannehmlichkeiten rechnend, damit, daß jemand vom Balkon spuckte, sie schritt auf die Potsdamer Straße zu, die sie mit nichts empfing als einem aufdringlichen, allzu billig bestückten Gemüsegroßladen,

Den einen oder anderen Fall erwähnte Heinrich, ärgerlich zumeist über seine Mandanten, junge Leute, die sich überflüssiger Vergehen schuldig machten, indem sie ihre rohen Kräfte gegeneinander richteten, statt sich Arbeit zu finden, und sosehr Heinrich darüber unwillig war, soviel Zeit verbrachte er damit, Gelegenheiten aufzutun, die den jungen Männern (denn überwiegend waren es junge Männer) halfen, eine andere als eine bloß kriminelle Laufbahn einzuschlagen. Er verachtete sie aber doch. Er hielt nicht hinterm Berg damit, daß er sie fast immer für dümmlich hielt. Gegen ihre Dummheit hatte er weniger einzuwenden als dagegen, daß sie mit ihrem Leben nichts anzufangen wußten, weder eine eigene Wohnung fanden noch Kinder hatten, vor allem aber nichts, aber auch gar nichts an Neugierde und Plänen. Planlos! rief Heinrich ein ums andere Mal empört, wenn er Clara oder Jan und den anderen von einem der Delinquenten berichtete, und je deutlicher sein Gefühl wurde, daß er selber kaum mehr Pläne hatte, als die letzten Lebensjahre und dann den Tod hinter sich zu bringen, desto unwilliger wurde er.

An dem Tag, an dem seine Tochter eine Reise unternahm, die lächerlich wurde, weil sie derart viele Kommentare mit sich brachte von Clara und sogar von Jan, beschloß er, in Wangs Restaurant zu essen und endlich sein Vorhaben wahr zu machen. Er mochte alt sein, warum aber sollte er nicht eine Frau, die ihm gefiel, ansprechen, um sie in den Zoo und zum Essen einzuladen.

Eine an und für sich wenig bemerkenswerte Kleinigkeit ließ soviel in neuem Licht erscheinen, dachte Heinrich, als er auf die Straße trat und sah, der Himmel war hell geworden, vorfrühlingshaft hell, und vor einem Blumenladen standen plötzlich grüne Eimer voller Tulpen, er blieb dabei stehen, es waren orangefarbene Papageientulpen, die er noch nie gesehen hatte, er kaufte einen Bund, ein magerer Mann, ein Vietnamese oder Koreaner, dachte Heinrich, ohne sich die Entscheidung zuzutrauen, beugte sich bis auf den Boden, bloß um die Tulpen herauszunehmen, es war, als wollte er sich verbeugen, nicht vor Heinrich, aber vor den Blumen, er sagte, Papageientulpen gebe es sehr selten in dieser Farbe, sein Gesicht war über die Maßen verhärmt. Er hielt das Bündel in der Hand. Kaufen Sie ein zweites! rief er plötzlich aus. Kaufen Sie zwanzig Tulpen, zehn Tulpen bringen kein Glück!

mit den schreienden Stimmen der Angestellten, sie schritt trotzdem auf die Bushaltestelle zu, mit jedem Mal, das sie den Fuß aufsetzte, stockte ihr Herz vor Angst, mit jedem Mal begriff sie klarer, was ihr Bruder ihr vielleicht seit Wochen oder Monaten verschwiegen hatte und mit sich alleine herumgetragen, aus dem Restaurant in seine Zweizimmerwohnung, die Mai Linh jeden Monat einmal aufräumte, denn wenn jemand aus dem Restaurant auch saubermachte, so lagen doch immer Sachen am falschen Platz, verwelkten die Blumen, sah alles erkaltet und einsam aus. Sie wußte nicht, was er dort machte. Den Stecker des Fernsehers zog sie manchmal, um herauszufinden, ob er den Fernseher anstellte; es kam vor, daß der Stecker unberührt blieb.

Sie wußte, daß er einsam war, er hätte heiraten sollen. Sie wußte nicht, wie einsam er war, daß er es nicht immer über sich brachte, in seine Wohnung zurückzukehren, sondern ein Zimmer in einem der Wilmersdorfer Hotels nahm. Wollen Sie ein Mädchen? hatte ein Rezeptionist ihn gefragt, ein in die Jahre gekommener Student, der Wang brüderlich gemustert hatte. Aber sosehr Wang sich danach sehnte, daß jemand neben ihm schlafe, so entsetzlich war die Vorstellung, eine Prostituierte zu rufen.

Die Einsamkeit hatte erst ihre Formen verändert wie etwas Lebendiges, dann war sie einförmig geworden, dann verlor sie jede Form und war nicht mehr erkennbar.

Mai Linh wollte den Kopf frei tragen. Sie hatte die Bushaltestelle erreicht, ein Bus war gerade abgefahren, so schickte sie sich an zu warten, ihr Blick streifte eine jüngere Frau mit einem besonders kleinen Koffer und einem schwarzen Rucksack, aus dem ein Puppenkopf ragte. Fast sah es aus, als trüge sie in einem Tragegestell auf dem Rücken ein Baby. Aber das Gesicht der Puppe war das eines etwa vierjährigen Mädchens. Ihre Blicke begegneten sich nicht, Mai Linh war sich sicher, die Frau schon im Restaurant gesehen zu haben, und als sie nebeneinander in den Bus einstiegen und Alix sie doch anschaute, mit einem klaren Blick, wie Mai Linh es selten erlebt hatte, wußte sie, daß es Heinrichs Tochter war.

Sie setzte sich zwei Bänke hinter Alix. Alix hatte die Puppe nicht aus dem Rucksack genommen, aber er stand auf dem freien Platz neben ihr, so daß die Puppe über die Lehne schauen konnte, wie ein Kind, das sich auf den Sitz kniete, um die Fahrgäste besser betrachten zu können. Obwohl das Gesicht zu klein war, wirkte es menschenecht, Mai Linh war, als würde das Mädchen sie anschauen; der Bus näherte sich dem Bahnhof, sie sah, wie Alix ungeschickt aufstand, den Koffer in der Hand, sich zurückdrehte, um nach dem Rucksack zu greifen. Soll ich Ihnen helfen?

Ich habe ja fast nichts, sagte Alix entschuldigend.

Ich helfe Ihnen trotzdem gerne, sagte Mai Linh, ich bin sowieso zu früh.

Und Alix reichte ihr den Rucksack mit der Puppe.

Der Parkplatz war voll, Taxis und Personenwagen drängelten sich vor dem Eingang am Europaplatz, sie hätten sich fast verloren, als eine Gruppe Reisender mit Skiern aus einem Kleinbus stürmte und auf die Drehtüren zurannte, in denen drei Frauen steckenblieben.

Es waren ihre Stimmen, die Alix zu Fall brachten.

Was sagen Sie da? sagte Heinrich unangenehm berührt.

Für die Liebe, sagte der Mann, bringen sie kein Glück, wenn es zuwenig Blumen sind.

Ich weiß noch gar nicht, wem ich die Blumen schenke, wehrte sich Heinrich und schaute ärgerlich auf den kleinen Mann, der so schmächtig war, er erwartete, etwas Listiges in dem faltigen Gesicht zu sehen, es gab aber nichts Listiges darin. Der Mann hatte die Augen geöffnet und schaute Heinrich an, beinahe ungerührt, und doch war darin eine Freundlichkeit, die Heinrich bewegte, so daß er stehenblieb, als ihn der Mann am Arm faßte.

Wie ein Hauch mußte die Berührung gewesen sein, etwas so Leises und fast Zärtliches, daß Heinrich durch den festen Stoff des Mantels unmöglich fühlen konnte, wie eine fremde Hand sich in seine Tasche schlich, tastete, sich enttäuscht zurückzog. Aber der Junge, denn es war ein etwa fünfzehnjähriger Junge, mochte sich mit seiner Niederlage nicht abfinden, so schlossen sich seine Finger um den Schlüssel, und als er ihn ohne Ungeschick hinauszog, drehte sich Heinrich doch um.

Zufällig oder aus Instinkt, er sah dem Jungen ins Gesicht, ein erschrecktes Kindergesicht, zweifellos der Sohn des verkümmerten Blumenhändlers, der sein Geschwätz über die seltene Tulpenart nur von sich gab, um die Kunden ausrauben zu lassen, dachte Heinrich, er konnte sich nicht bewegen, ihm war, als wäre er nie so gedemütigt gewesen, er bekam keine Luft mehr. Der Haß war stärker, als er es für möglich gehalten hätte. Seine Hand schlug so fest zu, daß der Kopf des Jungen zurückgeschleudert wurde, ein Knöchel hatte seine Nase getroffen, das Fleisch platzte auf, der Junge jaulte verwirrt, während das Blut schon auf die Straße tropfte, an der Kante des Bürgersteigs war er aufgekommen, abwehrend streckte er die Hände aus, in Erwartung eines Tritts, seine Finger suchten Halt. Ein Lastwagen fuhr vorbei.

Und der Tod war nur einen Fußtritt entfernt gewesen.

Erschrocken umklammerte der Blumenhändler Heinrichs Arm. Als der Junge sich hochrappelte, Heinrich kurz anstarrte, bevor er ausspuckte und losrannte, sah Heinrich, daß er ihn kannte, es war einer von vier türkischen Jungen, die vor wenigen Wochen zur Bewährung entlassen worden waren, einer der Fälle, die ihn voller Wut an die Zeit denken ließen, da er der Staatsanwalt war und Strafen durchsetzen konnte, wo nichts als Strafe etwas versprach, Besserung oder Schrecken oder eben den Zwang, der Schaden vermeiden half. Und merkwürdig erleichtert wandte sich Heinrich dem Vietnamesen zu. Nicht Ihr Sohn wenigstens, sagte Heinrich in das blasse Gesicht.

Sie war sich so sicher gewesen, daß sie die Abreise alleine bewältigen würde, obwohl sie den Hauptbahnhof nicht kannte, obwohl sie nie am Automaten ein Ticket gekauft hatte (dann kaufst du es eben beim Kontrolleur und zahlst fünf Euro mehr, hatte Bernd sie angewiesen), obwohl sie die neuen Züge nur vom Vorbeifahren kannte, elegante Gefährte, die sie von den Brücken, die zur roten Insel führten, gesehen hatte. In ihrem Leben war alles eingerichtet, und wie jeder Mensch bemerkte sie nicht, was vollständig ausgespart blieb, Charterflüge ins Weltall, Tiefseetauchen, Clubabende oder eben jedwede Reise.

Mai Linh faßte sie am Arm, vorsichtig, als würde ein dünnes Glas zerbrechen, wenn sie nicht vorsichtig wäre, und Alix hörte, wie Mai Linh ein Lied sang, sie wandte den Kopf zu ihr, doch bewegten sich die Lippen nicht, dunkle, müde Lippen, die geschlossen waren, aber Alix hörte sie singen, ein Wiegenlied, so kam es ihr vor, und ihre aufgeregte Angst beruhigte sich, sie schaute sich in der riesigen Halle um, die sie von Fotos kannte, es sah nicht viel anders aus als auf den Fotos.

Der Zug fuhr von Gleis 12. Er kam pünktlich, als folgte er der Ansage, die seiner Ankunft vorausgegangen war, und die Türen öffneten sich fast ohne Geräusch. Ich reiche Ihnen den Rucksack, sagte Mai Linh höflich, Sie können sich in Ruhe einen Platz suchen, es sieht so leer aus. Sie spürte, wie Alix zögerte. Bis wohin fahren Sie denn?

Bis Kassel, antwortete Alix, und dann weiter. Sie stieg die Treppen hinauf und streckte die Hand nach dem Rucksack aus.

Als Mai Linh mit der Rolltreppe hinunterfuhr, verlor sie die Orientierung, sie fuhr bis ins Tiefge schoß, dann wieder hinauf, sie suchte vergeblich ein Schild, das ihr anzeigte, wo sie hereingekommen war, schließlich ging sie auf gut Glück in die eine Richtung, es war aber die falsche, und da sie um das Bahnhofsgebäude herumgehen mußte, kam sie in die Invalidenstraße 80 zu spät. Wang wartete nicht vor der Tür, die abweisend aussah. Sie faßte sich ein Herz und ging hinein. Gegenüber öffneten sich automatische Flügeltüren, zwei Männer in weißen Uniformen schoben einen Rollstuhl, in dem ein Mensch mit magerem Gesicht saß, den Kopf gänzlich von einer Haube verdeckt, Mund und Nase mit Gaze geschlossen, die Augen waren aber lebhaft und sogar vergnügt, so daß Mai Linh wie zum Gruß den Kopf senkte, ohne zu wissen, ob es ein Mann war oder eine Frau, die sie grüßte.

Sie wandte sich nach rechts, in ein karges Treppenhaus, und fing an hinaufzusteigen. Oben war ein Zimmer mit »Anmeldung« beschildert, ein weißer Stuhl stand davor, und neben dem Stuhl stand Wang, den großen braunen Umschlag in der Hand, er sah seine Schwester an, ohne sich zu rühren. Sie wußte, bevor er den Mund aufmachte, daß er bleiben wollte, sie wußte, daß er darum kämpfen würde, sterben zu dürfen, hier, ohne noch einmal das Krankenhaus verlassen zu haben, den abgeschirmten Ort, an dem er Blut abgeben mußte, aber die Augen nicht mehr heben, um jemanden anzuschauen. Die Tür öffnete sich, eine hübsch gekleidete Person trat heraus und zu Wang, berührte seine Schulter, als wollte sie ihm einen Schubs geben, dann entdeckte sie Mai Linh.

Sind Sie seine Frau? fragte sie Mai Linh.

Wir sind alleine, hörte sie Wang antworten. Wir haben niemanden. Das ist meine Schwester.

Er spürte sein Herz rasen, und die Hand schmerzte, die Gedanken rasten ihm durch den Kopf, und er merkte wie ein nüchterner Arzt den Aufruhr, aber es richtete ihn auf, er hielt den Schlüssel umklammert, von dem er nicht mehr wußte, wie er in seine Hand gelangt war, er fühlte sich wie ein Mann, sein schneller Atem machte ihn glücklich, und er dachte die ganze Zeit an Mai Linh. Sie machen uns fertig, sagte der Alte, er schaute bittend zu Heinrich, verstehen Sie, wir sind so nahe am Gericht, aber sie machen uns fertig, die Türken, und dann gibt es auch chinesische Banden jetzt, die uns um Schutzgeld erpressen, und wer nicht zahlt, wird erschossen.

Na, erschossen werden Sie schon nicht, sagte Heinrich und streckte dem Mann einen Geldschein hin. Behalten Sie den Rest.

Der Mann schaute ihn zweifelnd an.

Dann packte er die Tulpen in durchsichtiges Zellophan. Er reichte sie Heinrich wortlos. Heinrich mußte, als er zu seinem Auto ging, einen kurzen Schmerz abschütteln. Sie wäre nicht mit ihm einverstanden gewesen, dachte er, ohne genau zu wissen, wen er meinte. Seine Tochter Alix? Clara? Oder Mai Linh, für die er die Blumen trug. Dann begriff er, das Geld war nicht genug gewesen. Er überlegte zurückzugehen, da stand aber schon sein Auto, er hielt den erkämpften Schlüssel in der Hand, er wollte sich auf den Weg machen, damit er zum Mittagessen pünktlich sein würde, selten nur war er zu spät gekommen, und der Tag war so mild wie ein Vorfrühlingstag, obwohl es erst Februar war und der Himmel bedeckt, Heinrich ließ das Auto an, noch immer aufgeregt, empfand er jede Bewegung so deutlich, als wäre alles belebt, seine Hände auf dem Lenkrad, die Routiniertheit, mit der er kuppelte, elegant ausparkte, er betrachtete sein Gesicht im Rückspiegel, das war ernüchternd, natürlich war nicht zu leugnen, daß er ein alter Mann war. Er erinnerte sich, wie gewinnend er gewesen war. Zügig fuhr er auf die Spree zu.

Und er war erregt. Ihm war, als hätte man in einen Tunnel ein Loch gebohrt, da sah er, draußen war noch Licht. Geschmeidig wich er einer Radfahrerin aus, es war eine junge Frau, deren schlanke Beine in Stiefeln staken. Und doch hätte er über die Autobahn fahren sollen. Denn am Potsdamer Platz verdichtete sich der Verkehr, hinter den Plakaten der Filmfestspiele stießen Leute auf die Fahrbahnen vor, Lastwagen hielten auf der rechten Spur und blockierten sie, er hupte sogar. Wie langwierig der Weg bis nach Zehlendorf sein würde, Heinrichs Finger begannen zu zittern, obwohl es kaum nach zwölf Uhr war und reichlich Zeit, bis zum Mittagessen im Restaurant zu sein.

Er hob beide Hände, als wollte er Gottes Zeugnis, er stand da, Tränen in den Augen, er hatte einen schwarzen Anzug angezogen, neu gekauft vielleicht für das Restaurant, er sah darin aus wie ein Diener, dachte Mai Linh, und plötzlich begriff sie, warum Georg seinen Bruder verachtete; und es war kein Weg in die Kindheit zurück, wenn man es versäumt hatte, sich damit abzufinden, daß niemand einem mehr helfen konnte, daß es nichts gab, was die Tränen trocknen ließ. Er ging zu ihr. Er kam zu ihr, aber sie wollte ihm nicht helfen.

Er stand neben ihr, ohne sich zu rühren, bis sie einem Taxi winkte. Sie mußte ihn schubsen, er wollte nicht Taxi fahren, das hatten sie nie gemacht, sie waren sparsame Leute. Mai Linh ließ ihm keine Wahl, mit einer Hand hielt sie die Tür, mit der anderen schob sie ihn auf die Rückbank, drängte ihn zur Seite, als müßte sie ihn, neben ihm sitzend, daran hindern, während der Fahrt aus dem Wagen zu springen und zu fliehen.

Sein Gesicht sah klein aus.

Aber du bist gesund, warum freust du dich nicht? Ihre Stimme überschlug sich vor Empörung. Du hast gedacht, du stirbst, und jetzt sagen sie dir, du bist gesund!

Wang schien noch kleiner zu werden. Dann tastete er in seiner Jackettasche nach der Brieftasche und reichte sie Mai Linh.

Was soll ich damit? fuhr ihn Mai Linh an. Das Taxi bezahlen? Das kann ich selber!

Ihr Blick wich zum Fenster aus.

Sie war enttäuscht, und da sie mit sich ins Gericht ging, wußte sie, daß seine Krankheit eine Hoffnung gewesen war. Man wünschte niemandem den Tod. Aber wenn er stürbe, dachte sie, könnte sie das Restaurant verkaufen, Georg könnte sie mit zwei Dritteln beschwichtigen, und sie wäre frei.

Aber Wang war gesund.

Laß uns das Restaurant verkaufen! Sie drehte sich zu ihm und legte bittend die Hand auf sein Knie. Georg wird nie mitarbeiten, und du bist schon sechsundfünfzig, du bist müde, und ich bin es auch. Sie sagte ihm nicht, daß sie noch nicht müde genug war, die Hoffnungen auf ein anderes Leben aufzugeben. Und sei es im Jenseits, fuhr es ihr durch den Kopf, als das Taxi am Botanischen Garten vorbeifuhr, der winterlich kahl dalag und nichts versprach, als daß doch wieder Frühling werde, hörst du? sagte Mai Linh.

Und dann? fragte Wang. Dann leben wir von unserem Ersparten und suchen eine Stelle, du als Putzfrau, ich als Verkäufer in einem Laden. Oder willst du darauf warten, daß dir Georg hilft, wie wir ihm geholfen haben? Oder willst du selber einen Laden aufmachen, einen Asia Shop? Wir haben ein gutes Restaurant, das beste vietnamesische Restaurant in Berlin!

Das Taxi hielt vor dem Restaurant, Wang wies mit der Hand auf den Eingang, gerade ging Heinrich darauf zu, durch die großen Scheiben sah man, daß drei Tische besetzt waren. Aus der hinteren Tür spähte Kazim ungeduldig nach ihnen aus. Als er das Taxi sah, schien er zu erschrecken, dann winkte er, um sie zur Eile anzutreiben.

Warst du morgens hier? fragte Mai Linh ihren Bruder.

Er nickte verlegen. Ich habe heute früh alles vorbereitet, sagte er.

Aber du hast doch gar nicht damit gerechnet, noch hierherzukommen?

Mai Linh hielt dem Taxifahrer einen Zehn-Euro-

Schein hin, er schüttelte bedauernd den Kopf. Tut mir leid, das macht sechzehn Euro siebzig.

Mai Linh errötete, sie reichte dem Fahrer einen zweiten Schein und sah, wie Heinrich am Eingang stehenblieb und sich umschaute. Sie hatte ihn sofort erkannt.

Nimm wenigstens eine Quittung, sagte Wang, aber seine Schwester war schon ausgestiegen.

Sie wischte sich die Tränen aus den Augen, als sie die Küche betrat. Kazim schaute scheu zu ihr hin und gleich wieder weg. Su, die kleine Kellnerin, hatte ihm geholfen, das Essen vorzubereiten. An einen Schrank geschmiegt, als wollte sie sich verstecken, stand Hai, eine Bekannte Wangs und eine entfernte Kusine. Was machst du hier? fragte Mai Linh. Wang hat mich angerufen. Hai nickte mehrmals zur Bestätigung, als glaubte sie selbst nicht, was sie sagte. Dann griff sie nach einem kleinen Messer und schnitzte weiter an einem Schwan. Vorsichtig schaute sie zu Mai Linh. Siehst du, für den großen Tisch. Sie zeigte auf die Ablage. Zwei Tänzerinnen und vier Schwäne standen schon dort.

Mai Linh trat näher und beugte sich hinunter. Die Tänzerinnen schimmerten weiß. Kazim räusperte sich. Drinnen sind Gäste, sagte er.

Sie nahm von einem Haken ihre schwarze Jacke. Wie zu einer Beerdigung, dachte sie. Aber es war nicht soweit. Wang würde leben. Sie würden bleiben müssen. Ihre Finger nestelten an den Knöpfen, sie merkte kaum, daß sie stolperte, dann erschrak sie, denn jemand faßte sie am Arm und hielt sie fest. Mai Linh, sagte er, es klang ungeschickt, sie erinnerte sich nicht, daß sie ihm ihren Namen gesagt hatte, einen Moment war sie empört, dann schaute sie in seine Augen, der Mann kam ihr so groß vor, als er sich aufrichtete, ohne sie loszulassen, jetzt war sein Griff sachte, und er sah verlegen aus.

Ich wollte Sie zum Essen einladen, sagte er, in den Zoo, zum Essen in den Zoo; Mai Linh starrte ihn an. Aus der Küche kam Kazims Stimme, er sang ein Lied, ein arabisches Wiegenlied.

11. Kapitel

Eleonore hatte die Puppe sofort gesehen, den Kopf, der aus dem Rucksack ragte wie aus einem Tragegestell, sie hatte die Frau gesehen, die sich mit raschen, etwas planlosen Schritten entfernte, in eine Richtung ging, dann umkehrte, schließlich die Treppen erreichte und hinaufstieg, in der Hand einen kleinen Koffer, und auf den Treppen sprach sie jemand an, sah Eleonore, ein Mann in Hubertus' Alter, es hätte Hubertus sein können, so daß sie annahm, Alix habe sich täuschen lassen, sie sagte davon aber nichts, auch nicht, als sie Bernds aufgebrachte Stimme aus dem Telefon hörte, und später sagte sie nicht, daß sie an einer der Straßen, die vom Bahnhof aus der Stadt führten, noch einmal Alix sah, allerdings ohne alles Gepäck. Die Puppe hatte Eleonore diesmal nicht gesehen.

Sie saß neben Hubertus im Auto, angeschnallt, sie fuhr selten mit im Auto, sie schaute hinaus, ein kleiner, schwarzer Hund rannte bellend davon, hinter ihm schrie eine Frau her, sie konnte nicht laufen. Eleonore sah, daß die meisten nicht laufen konnten, nur zwei Männer bewegten sich wie auf Stelzen unter ihren schweren Mänteln. Als sie die

Alix erreichte die Toilette im letzten Moment, der Geruch war scharf und abstoßend, sie hatte versucht, die Übelkeit zu beherrschen, ihren Rucksack mit der Puppe auf dem Sitz zurücklassend, und als sie sich aufrichtete, mit einem Tuch säuberte, als sie in den Spiegel schaute, war die Angst, jemand könnte die Puppe stehlen, unerträglich. Sie stieß sich den Kopf an der Tür, als sie sich durch einen Spalt zwängte, sie wollte rennen, vermochte es aber nicht, es war zu eng, sie spürte die Blicke, sie hörte, wie eine Frau ihres Alters den Atem anhielt.

Dann sah sie die Puppe, sie konnte sich später nicht erklären, was geschehen war, ob ein Schatten über ihr Gesicht gefallen, ob eine jähe Bewegung des Zuges oder die unablässige Vibration ihre Augen getäuscht hatte, sie sah das erstarrte Gesicht, es lief von der Schläfe bis zu den Lippen ein tiefer Schnitt, und Alix schrie auf. Ihr Schrei war so laut, daß zwei Passagiere ebenfalls schrien, der Zug schien zu entgleisen, die Bremsen schoben die Körper aus ihren Sitzen, dann wurde es dunkel. In der Dunkelheit ließ sich nicht das leiseste Geräusch hören. Alix tastete über das Gesicht.

Es blieb so unbewegt, die Wärme war geschwunden, sie beugte sich darüber, hielt den kleinen Körper, noch immer fuhr der Zug durch einen Tunnel, im Vorüberstreichen des Lichtes bewegte sich alles, das Kindergesicht verzerrte sich, und Alix umklammerte das kleine Ding, weil sie nicht helfen konnte. Dann blieb der Zug stehen. Eine alte Frau rief ihren Enkel. Der Zug setzte sich wieder in Bewegung, aus den Lautsprechern knackte es, alle warteten. Langsam kroch der Zug durch den Tunnel. Alix hatte sich aufgerichtet und spähte in Fahrtrichtung, ob Licht zu sehen sei. Und immer noch war es dunkel.

Als Alix wieder aufwachte, spürte sie eine kleine Hand an ihrem Ärmel. Eine Kinderstimme fragte etwas, fragte noch einmal. Wie heißt denn die Puppe?

Puppe, antwortete Alix benommen.

Nur Puppe? Hat die keinen Namen?

Weißt du einen Namen?

Das Mädchen, die glatten Haare von einer hellblauen Haarspange aus der Stirn gehalten, strahlte Alix an und kicherte. So wie ich?

Ich weiß ja nicht, wie du heißt, sagte Alix.

Rate mal!

Alix schaute in die blauen, gesprenkelten Augen und das Gesicht, das aus nichts als aus Erwartung bestand.

Ich glaube, sagte Alix, ich glaube, du heißt Felicitas.

Das Mädchen wich zurück, ihr Gesicht wurde schlagartig abweisend. Sie trat von einem Fuß auf den anderen, nahm die Puppe dann, als sei es ihre, schloß sie in die Arme und sagte dann, die heißt so wie ich, Felicitas?

Alix nickte.

Das heißt, erklärte das Mädchen, die Glückliche. Gehört die deiner Tochter?

Ich habe keine Tochter, sagte Alix.

Hast du keine Kinder? fragte das Mädchen.

Nein, ich habe keine Kinder.

Auch keinen Sohn?

Auch keinen Sohn.

Stadt verlassen hatten, atmete Hubertus schneller, sie sah, daß seine Hände schwitzten, das Handy klingelte wieder, der Wald stand schwarz und naß an der Straße, aber im Sommer würden sie tanzen, sang Eleonore leise, im Sommer tanzen wir mit unserem Kind, und Hubertus schaute zu ihr.

Sie sah, daß er sie liebte. Er drehte den Kopf zu ihr, seine Augen waren schwarz, ihn schüttelte die Angst darin, weil er es falsch gemacht hatte, wie sein Bruder sagte, der so weit weg war, weg weg weg, wie ein Fisch, der durchs Wasser schnellte, davon, aus der Erlösung heraus, in die Erlösung hinein, kein Verräter, aber doch der Verrat selbst. Der Verrat. Denn zu gehen war Verrat. Nur Alix kam und ging, ging und kam. Da war sie wieder, am Waldrand. Sie lief weiter mit raschen Schritten, sie würde ankommen. Eleonore lachte vor Freude. Der Puppenkopf wippte aus dem Rucksack heraus. Alix hörte den Wald wachsen, hatte Bernd ihr gesagt. Und sie sagte Hubertus nicht, daß sie fast nichts mehr hörte. Außer dem Gesang. Denn alles war Gesang.

Aber wie sinnlos und unfruchtbar war es, die Schreckenstage zu vergleichen, die großen Ängste, den Hinterhalt der Selbstzweifel, wie sinnlos war es, sich blind hineinzubohren in die Stunden, Minuten, die nicht vergehen wollten, da es nicht klingelte am Eingang, da keine Schritte sich näherten über den Kies der Einfahrt, da kein Auto zu hören war, nur der Wind in den Bäumen. Hubertus' Vater war es, der schließlich alle zu Bett schickte. Senile Bettflucht, sagte er, ich werde eh nicht schlafen, also bleibe ich auf.

Hubertus konnte Eleonore nicht überreden, sich auszuziehen, sie legte sich immer häufiger mit allen Kleidern, sogar mit den Schuhen ins Bett. Vater ist unten und paßt auf, sagte er bittend. Wir müssen nicht aufstehen. Sie nickte. Sie winkte ihm zu, als trennten sie nicht zwei, sondern Hunderte von Metern.

Bitte, sagte er später noch einmal leise, sie war aber schon eingeschlafen.

Gegen zwei Uhr morgens stand Hubertus auf und rief seinen Bruder an.

Daß du dich traust, sagte Bernd kalt.

Hör mal, vielleicht hat sie einen anderen Zug genommen?

Bernd blieb stumm. Bernd, ich habe nichts gemacht. Ich habe gewartet, ich hatte sogar Eleonore mit, sie hätte Alix doch gesehen, Alix und die Puppe!

Woher willst du wissen, was Eleonore sieht und was sie nicht sieht?

Hast du deswegen eine Puppe, ist das dein Kind?

Sie gehört nicht mir, antwortete Alix. Die Puppe auch nicht? Felicitas schaute Alix mitleidig an, dann streckte sie die Hand aus und streichelte sachte Alix' Arm. Bist du traurig?

Alix nahm die Puppe aus ihren Händen. Ja, sagte sie dann, ein bißchen.

Der Zug erreichte das Licht, er nahm wieder Fahrt auf.

Tschüß, sagte das Mädchen, wir steigen jetzt aus.

Alix schaute, wohin es zeigte, und sah eine Frau ihres Alters, die aus ein paar Metern Entfernung zugehört hatte, sie lächelte Alix zu, wie aus einem anderen Land, kam es Alix vor, eine große, sehr dünne Frau, deren Gesicht wie verspätet schmal geworden schien, auf hilflose Weise klug. Alix zog sich an der Lehne hoch, sie wäre am liebsten ebenfalls ausgestiegen, aber es war noch zu früh. Göttingen war der Bahnhof. Sie mußte bis Kassel warten.

Bernd hatte seinem Bruder eingeschärft, er müsse Alix abholen in Kassel, es wäre undenkbar, daß sie allein um- und in Dillenburg aussteige, er rief noch einmal an, Hubertus war empört, was glaubst du denn? fragte er seinen Bruder, was glaubst du denn von mir?

Es ließ sich nicht klären, wie er sie hatte verpassen können. Als der Zug ausgefahren war, rief er, er hatte eine laute Stimme. Erschrocken klammerte sich Eleonore an ihn. Dann liefen sie zum Gleis 4, von dem der nächste Zug Richtung Dillenburg abfahren würde. Dann rief Hubertus seinen Bruder in der Buchhandlung an.

Bernds Zorn war maßlos. Was sagst du? fragte er eisig. Du bringst es nicht fertig, jemanden vom Zug abzuholen?

Die Gleisanlagen wurden ergänzt von einer kleinen, simplen Bahnhofshalle, die mit einem Blick
fast zu überschauen war, Alix hatte Hubertus und
Eleonore unten aber schon gesehen, sie kannte
die Fotos, die auf Bernds Schreibtisch seit je standen und von denen er zwei in der Buchhandlung
an seinem kleinen Arbeitsplatz aufgehängt hatte,
Fotos, wo Eleonore und Hubertus wie aus einem
Film ein glückliches Paar darstellten, in hellen
Kleidern, im Garten, der sich in die Weite er-
streckte, Eleonore trug einen Hut.
Unter der Bahnhofsüberdachung hervor sah man,
daß es regnete.
Eleonore ging an Hubertus' Arm.
Natürlich hatte Alix nicht damit gerechnet, daß
die Sonne scheinen würde, daß es mild sein werde, daß man den Sommergarten nachbilden könne, wie man ein Bild anschaute, so lange, daß es
möglich schien (das Bild war die versöhntere
Welt), hineinzuspazieren, sich dort zu treffen, in
dem Bild selbst. Oben, am Ausgang der kleinen
Bahnhofshalle, hatte sie in den Regen geschaut,
auf einen Parkplatz, sie wußte, daß der Bahnhof
Kassel-Wilhelmshöhe nicht in der Innenstadt
lag, von den Gleisen hörte sie, wie ein Zug Richtung Gießen ausgerufen wurde.
Na, was stehen Sie da im Eingang rum, davon
hört's auch nicht auf zu regnen! raunzte eine äl-
tere Frau sie an und schob sie zur Seite.
Können Sie mich mitnehmen? fragte Alix.
Wohin wollen Sie denn? Die Frau musterte sie
mißmutig. Da wird ja mein Sohn entzückt sein,
wenn ich Sie mitbringe.
Richtung Dillenburg, sagte Alix.
Können Sie die Bahn nehmen, sagte die Frau.
Ja, sagte Alix.
Na, dann kommen Sie mal.

Sie ist meine Frau.
Wenn Alix morgen nicht bei euch
auftaucht, komme ich, sagte
Bernd.
Ja, sagte Hubertus.
Und die Eltern? fragte Bernd.
Vater sitzt unten. Mutter schläft
schon. Vater wartet, eigentlich
tut er das ja immer.
Wie meinst du?
Er hofft immer, daß du wieder-
kommst, jetzt, wo er alt wird. Er
weiß es, aber er sitzt da, und
immer wenn sich über den Kies
Schritte nähern, dann hofft er,
du seist es. Mit einer schwange-
ren Ehefrau an meiner Seite,
erwiderte Bernd.
Ja, sagte Hubertus. Hör jetzt auf.
Du weißt, wie sehr wir uns
Kinder gewünscht haben. Du
bist ja nicht hier. Aber es ist
schon komisch zu denken, daß
alles aufhört. Es hört nicht
auf, jemand anderes wird dort
leben. Wer denn?
Einer von deinen Verwandten,
sagte Bernd ärgerlich.
Du bist ein Idiot.
Ja, stimmte Bernd zu.

Als er aufgelegt hatte, ging er zur
Tür, er blieb unentschlossen
stehen, dann ging er hinaus. Es
war zu spät, Anton anzurufen.
Bernd winkte einem Taxi
und ließ sich vor seinem Buchladen absetzen. Bei Jan und Alix
brannte noch Licht. Er stand vor
dem Schaufenster, das er vor
ein paar Tagen neu dekoriert
hatte, für diesmal nur mit Kinderbüchern, denn es gab mehr
und mehr Kinder im Kiez. Zwei

türkische Halbwüchsige schlenderten vorbei.

Es hatte eine Zeit gegeben, da er sich ein Leben ohne seinen Bruder nicht vorstellen konnte. Aber sein Leben ähnelte einer der frühen Fotografien, auf denen, was sich bewegte, als ein Nebelstreif oder gar nicht zu sehen war. Hubertus war nicht zu sehen, Lars war nicht zu sehen, und falls Alix verschwunden blieb, würde bald auch sie nicht mehr zu sehen sein, nur sein eigener Körper, als wäre der eine schwerere Materie.

Er lief die Wartburgstraße hinunter, bis zu ihrem Ende, aus einem langgestreckten Fenster sah er Licht, die Bar, die er nur dämmerig und unvertrauenswürdig gesehen hatte, war beleuchtet, die meisten Tische noch besetzt, er trat dort ein, setzte sich an die Bar, er hatte bald Gesellschaft. Hinter einem Vorhang hervor kam Lars, im Arm eines jungen, blonden Mannes, so alt, wie damals Lars gewesen war. Lars hatte die Augen halb geschlossen, er war betrunken, auf seinem Gesicht ein schwaches, verlegenes Lächeln. Er schaute zu Bernd, als würde er ihn erkennen.

Es war eine Seligkeit, wie Bernd sie nicht erlebt hatte, an seine Brust geschmiegt, schlafend, wie erlöst Lars' Gesicht, der noch immer schöne Körper satt, die langen Gliedmaßen zufrieden ausgestreckt, der Atem ruhig; mit einem leisen Wort schmiegte sich Lars enger an ihn, wie

Alix zögerte, sie ging aber mit der Frau mit zu einem flaschengrünen Volvo, in dem ein dicker Mann saß, der einen Ledermantel trug und sie musterte, sie setzte sich auf die Rückbank, und als sie darum bat, auszusteigen, war nichts zu sehen als ein Dorfschild in einiger Entfernung. Der Mann hielt brüsk, ließ ihr knapp Zeit, nach dem Koffer zu greifen, bevor er wieder losfuhr.

Sie ging zügig, um sich aufzuwärmen, auf einem Hügel hinter dem Dorf sah sie ein zweites liegen, der Volvo war schon verschwunden, sie wechselte die Straßenseite, über den braunen Feldern stiegen Krähen auf, krächzten, zwei Eichelhäher flogen rufend, und Alix bedauerte, keine Wanderschuhe anzuhaben, sie merkte schon, daß ihre Halbschuhe naß wurden. Es war aber doch so, daß keiner wußte, wo sie war, und sie dachte, daß sich Jan nicht freute, wenn sie zurückkam, sondern bloß ärgerlich war über ihre Abwesenheit. Er hat, hatte ihr Bernd gesagt, einfach Angst. Und Bernd hatte gesagt, er weiß nicht, daß er dich verehrt; sie hatten beide gelacht, nur war es Alix nicht angenehm, verehrt zu werden. Ein Kind winkte ihr aus einem Auto zu. Ein älterer Herr hielt an und fragte freundlich, ob er sie mitnehmen solle. Ein paar junge Leute hupten und winkten auch. Die Wolken waren nach rechts und links gezogen, der Himmel öffnete sich.

Als Kind hatte sie sich, wenn sie um den Schlachtensee gelaufen war, immer vorgestellt, sie könne selber sehen, wie sie weiterging und verschwand, nicht im Kreis lief, sondern geradeaus und immer weiter. Wenn sie den Kopf jetzt drehte, sah sie verschwommen die Puppe, die im Rucksack gut untergebracht war. Und so war sie glücklich.

Und als sie schließlich müde geworden war, hatte sie die Ortschaft erreicht, die sie aus der Ferne gesehen hatte, an der Straße lag ein Gasthof, der Deutsches Haus hieß, sie schlief ohne noch etwas zu essen ein, und sobald es ihr höflich schien, um halb acht Uhr morgens, rief sie Hubertus an, entschuldigte sich für ihr Ausbleiben, sagte, wo sie war, und fragte, ob er sie werde abholen können. Als sie ihre Sachen zusammengepackt hatte, wartete sie am Fuß der Treppe auf ihn.

Eleonore strahlte, als Alix ins Wohnzimmer trat. Sie stand mitten im Zimmer und blieb dort stehen, sie streckte die Hände nicht aus, es war, als könnte sie sich vor Freude nicht bewegen. Alix lehnte die Puppe gegen die Sofalehne und stellte den kleinen Koffer auf einen Stuhl. Hubertus' Mutter hatte sie umarmt, sie war etwas größer als Alix, aber ebenso schmal und leicht.

Das Gewicht eines Menschen: wieviel Platz er einnimmt und einnehmen will. Und es galten wirklich die Kilogramm, erzählte Hubertus am Telefon Bernd, der Umfang der Schultern, wie schmal oder kräftig der Hals war.
Nur du hast gefehlt, sagte Hubertus zu Bernd. So wie immer, gab Bernd unwillig zurück. Es war inzwischen Nachmittag geworden. Bernds Fuß war angeschwollen, er konnte kaum laufen.
Sie sind zusammen im Garten, sagte Hubertus, ich sehe sie aus dem Fenster. Wußtest du, daß Alix und Eleonore gleich groß sind?
Nein, sagte Bernd. So ein Quatsch. Alix ist einen halben Kopf größer.
Du solltest sie sehen, sagte Hubertus.

streichelnd fuhr seine Hand über Bernds Haar. Und er wußte es, in jeder Minute wußte er, daß Lars bloß seine Trunkenheit ausschlief, daß all die Zärtlichkeit echt schien, aber nicht echt war. Die Hand glitt von Bernds Kopf und auf das Kissen. Als es zu dämmern begann, schaute Bernd sich in dem Zimmer um, ein großes, kahles Zimmer, die weiß verputzten Wände bis auf kleine Zeichnungen, die Bernd nicht erkennen konnte, leer, ein Stück in den Raum führte ein Regal voller Kunstbände, mitten im Zimmer (der Strom eigens unter einer Diele verlegt) stand der Schreibtisch, ein Laptop darauf, das war alles. Im Vorzimmer gab es einen Schrank, im Bad auch. Die Küchentür war geschlossen, Bernd konnte sie vom Bett aus sehen. Er war müde, er wollte aber nicht einschlafen. Sobald Lars anfinge, sich unruhig zu bewegen, würde er aufstehen und gehen. Damals hatte Lars geträumt, ein Museum zu leiten. Es sah, in dieser kleinen Hinterhofwohnung der Potsdamer Straße, nicht aus, als hätte er es geschafft. Neben dem Bett lag aufgeschlagen ein Buch, ein Roman, dachte Bernd, der Text verlief aber ungleichmäßig, ineinandergestellt verschiedene Blöcke, die abbrachen, und (das Buch war deutsch, trotz des französischen Titels) als Bernd, denn inzwischen wurde es Tag, darin las, begriff er nicht, wovon die Rede war. Er schlief noch einmal ein, im Traum zerrte er am Zügel ein widerspenstiges Pferd hinter sich her, er watete bis zu den Oberschenkeln im Schlamm, er hatte Angst, der Lärm von großen Fahrzeugen kam näher, wenn er den Graben nicht überquerte, würde er sterben müssen, da weinte er aus Mitleid mit sich selbst, und als er wieder aufwachte, lag er noch immer neben Lars, der anfing, sich unruhig zu bewegen, und streichelte seine Hand ein letztes Mal, bevor er sich vorsichtig aus dem Bett rollte, leise erhob, die Kleider vom Boden nahm und in den Vorraum ging, um sich anzuziehen.

Als er die Haustür leise ins Schloß gezogen hatte, schaute er sich um, es war immer eine für ihn abgelegene Gegend gewesen, die Häuser standen verwahrlost, die Balkons schienen ungenutzt, nur an einigen Fenstern sah man, daß die Wohnungen renoviert waren, daß anderes Publikum auch hierherzog, immer kleinere Inseln ließ für diejenigen, die schön weder wohnen konnten noch wollten, ihre Satellitenschüsseln ausrichteten und ihre Mülltüten in den Hof warfen, behauptete Anton, der als einziger in einem Haus wohnte, in dem die soziale Kluft sich auf Vorder- und Hinterhaus verteilte. Ein paar Schritte waren es bis zum Kreuzpark oder zu den schicken Wohnungen in der Großgörschenstraße, ein paar Schritte waren es bis zu den dunkleren Seitenstraßen der Yorck-

Sie hatte erwartet, Eleonore würde sich auf ihre Puppe und die neuen Kleider stürzen, sie hatte sich gefragt, ob Eleonore eigens ein Zimmer für ihre Puppe habe; weder das eine noch das andere war der Fall; Eleonore nahm die Puppe entgegen wie ein Spielzeug, wie eine betrübliche Notwendigkeit, wie eine Krücke, ein Alibi, einen Trost. Sie murmelte etwas, zu leise, als daß Alix sie hätte verstehen können, sie summte eine Melodie, als die beiden nebeneinander aus den oberen Zimmern die Treppe hinuntergingen, und es dauerte noch ein paar Stunden, bis Alix begriff, daß Eleonore schwerhörig war, beinahe taub.

Einmal noch hielt ihr Eleonore die Puppe hin, als wollte sie sagen, jetzt gehört sie uns beiden.

Aber worauf schließlich kommt es an? Eleonore stand an der Terrassentür, sie hielt, mit dem Gesicht nach vorn, ihr Puppenkind im Arm, daß es hinausschauen könne in den Garten, der verregnet war und in dem sich noch nichts Grünes zeigte. Zärtlich streichelte sie das Puppenhaar, sie wiegte das Kind freundlich und flüsterte ihm ins Ohr.

Am späten Nachmittag hielt Eleonore einmal noch die Puppe Alix hin, als wollte sie sagen, jetzt gehört sie uns beiden, gegen Abend, während Alix unschlüssig im Wohnzimmer stand, sagte Eleonore zu ihr, sie solle jetzt abreisen.

Sie saß in einem Zug, der nach Siegen fuhr, von dort mußte sie nach Köln, es werde in Köln, hatte Hubertus ihr bedrückt gesagt, noch einen späten Anschlußzug nach Berlin geben, sie wollte aber noch einmal anderswo übernachten. Seine Eltern und Hubertus hatten sie zum Bahnhof begleitet, wie unter einem Schock über Eleonores Unfreundlichkeit, sagte Hubertus' Vater wieder und wieder, und als die drei Alix zum Abschied umarmten, dachte sie an Eleonore, die fast in Tränen ausgebrochen war. Sie hatte, als die anderen aufgebrochen waren, am Fenster gestanden, nicht gewinkt, nur die Hände ausgestreckt.

In Siegen stieg Alix aus.

Nur wenige hundert Meter vom Bahnhof gab es ein Ibis-Hotel, einen tristen Kasten, in dem am Tresen ein Student saß, der verschlafen von einem Buch aufsah. Es roch nach kaltem Rauch. Das Zimmer war schmal, ein Bett stand von einem riesigen Fernseher überschattet darin, der Tisch war voller Prospekte, ein Glas stand darauf, es war nicht sauber.

Sie legte sich in Kleidern auf das Bett. Noch immer hatte sie zu Hause nicht angerufen, aber sie dachte an Jan, sie dachte, seit sie in den Zug gestiegen war, unablässig an Jan. Sie dachte an ihr Zuhause. An die seit langem reparaturbedürftige Wohnungstür, an die Fensterrahmen, von denen die Farbe abblätterte, an den Blick auf die Straße, hinunter zu Ahmeds Gemüseladen, in die Fenster der gegenüber Wohnenden, auf die Autodächer, an den Blättern der Linden vorbei, die die Straße bestanden. Jan würde um diese Zeit zu Hause sein und ratlos am Tisch sitzen. Er wußte nicht, daß er mit sich selber redete, so leise, wie er nachts mit den Zähnen knirschte. So war das, wenn man zusammenlebte. Sie hatte keine Sehnsucht nach ihm, aber es gab etwas, an seinem langen, mageren Körper, an der Art, wie er sich zu ihr beugte, väterlich und ungeschickt, das sie liebte. Am nächsten Morgen nahm sie den ersten Zug, vom Bahnhof aus rief sie Jan und Anton und Bernd an.

straße. Schwer vorstellbar, was einen Schwulen bewegen mochte, alleine in diese Gegend zu ziehen. Bernd prüfte das Klingelbrett, er fand Lars' Namen nicht darauf; er wußte nicht, ob er ihn wiederfinden würde, wenn er jetzt ginge, er wollte nicht dabeisein, wenn Lars aus seinem Rausch aufwachte. Er wollte ihn nicht alleine lassen. Unruhig zog er sein Handy heraus und schaute auf das Display, das keinen Anruf und keine Nachricht anzeigte. Es war fast sieben Uhr. Um halb acht Uhr konnte er bei Hubertus und Eleonore oder seinen Eltern anrufen, um nach Alix zu fragen.

Er hatte Angst, Lars am Tag wiederzusehen. Er hatte Angst, ihn nicht so schön zu finden, wie er nachts gewesen war, unverändert schön, unverändert Zärtlichkeit weckend. Die Straße lag noch unberührt, nur die Zeitungsausträger waren wahrscheinlich schon unterwegs gewesen und hatten ihre leeren Taschen zurückgegeben. Die Müllabfuhr war noch nicht zu sehen, auf den größeren Straßen fuhren Lieferwagen, die von den Großmärkten kamen.

Keiner hatte je damit gerechnet, daß Anton ernsthaft unglücklich sein werde, am wenigsten Anton selber, und sogar Alix war überrascht, als er, immer dicht neben ihr, als brauche er ihre Nähe, leise zu ihr sagte, er ertrage es nicht mehr, was, fragte Alix leise zurück, die Löcher, sagte Anton, nenne es, wie du willst, vielleicht wäre es weniger schlimm, wenn man zwischendurch glücklich wäre, bist du nicht glücklich, nein, bist du denn glücklich, ich weiß es nicht, sagte Alix, mein Buch ist gut geworden, sagt der Verlag, das Fotobuch mit den Alzheimer-Leuten, und deine Praxis, ach, es ist ja alles ganz wunderbar, aber wenn ich mir vorstelle, daß ich das zwanzig Jahre noch weitermache, ja, zwanzig Jahre, nur noch, weil mehr Zeit gar nicht übrig ist, ich habe kein gutes Zeitgefühl, sagte sie, immerhin bist du nicht alleine, sagte Anton, warum fährst du nicht einmal zu deiner Schwester? Aber Alix mußte lachen, sobald sie die Frage gestellt hatte, und sie lachten beide. Warum nicht zu meiner Schwester? wiederholte Anton, weißt du, sagte er, ich könnte mein ganzes Leben umstoßen, aber wenn ich daran denke, dann ist plötzlich klar, daß es fast nichts umzustoßen gibt, so wenig ist das alles, Praxis, Wohnung, zwei bezahlte Orte, mehr ist das gar nicht, zwei Verträge, die man kündigen kann, und ich sage dir, ich habe meine Schwester so oft beschimpft,

Gehen wir morgen zu deinen Eltern? fragte Anton. Alix schaute erstaunt.

Ist denn morgen Sonntag?

Nein, aber dein Vater hat bei mir angerufen, stell dir vor, weil er weder Jan noch Bernd erreicht hat, und er hat gefragt, ob wir morgen alle wieder zu dem Thailänder gehen.

Vietnamese, korrigierte Bernd.

Genau. Wie lustig, daß Heinrich soviel Geschmack daran gefunden hat, Clara drängt bestimmt nicht auszugehen.

Ich mag das Essen nicht, sagte Jan.

Ach, komm schon, sagte Anton. Wer weiß, wie oft wir noch Gelegenheit haben.

So versammelten sie sich um den langen Tisch, der entlang des Fensters aufgestellt war, vermutlich für eine größere Gesellschaft, die schon stattgefunden hatte oder noch nicht eingetroffen war, es war ein festlicher Platz, und der Tisch war noch liebevoller geschmückt, als es die anderen Tische waren, mit kleinen, feierlich aussehenden Reihern aus Rettich, mit aufwendigen Blumen, weiß und rot leuchtend und ebenfalls aus Rettich geschnitzt, mit kleinen Blumengebinden, je ein Strauß Hyazinthen und drei wilde Tulpen wechselnd, die Servietten kunstvoll zu Schwänen gefaltet. Es war der Zufall, der sie an diesem Tag in das Restaurant und an diesen Tisch geführt hatte, und ein Schatten, eine gemäßigte Langeweile wichen überraschend der Freude, sich wiederzusehen und wieder beisammen zu sein, um zu essen. Heinrich saß am Kopfende. Zu seiner Rechten saß Clara. Sie schauten beide auf ihre Tochter, dieser Mensch, sie schien ihnen schön und jung, aber man sah ihr an, daß sie die Lebensmitte überschritten hatte, und Heinrich drehte sich auf einmal um, als habe er gespürt, daß in genau diesem Moment Mai Linh aus der Küche getreten war und zu ihm schaute, dann drehte er sich zu den anderen zurück, und etwas elektrisierte sie alle. Sie feierten, merkten sie plötzlich, Alix' Rückkehr. Die lächerliche Abwesenheit von zwei Tagen, die für sie als eine Reise galt. Sogar auf Jans Gesicht war ein großes Lächeln zu sehen. Clara legte ihre Hand auf seinen Arm.

Inzwischen war Mai Linh an den Tisch getreten und stellte eine Flasche Prosecco ab, die Bernd bestellt hatte. Auch sie, dicht neben Heinrich stehend, lächelte.

Auf einmal ist genug für alle da, dachte Anton, und ihn durchfuhr ein Stich, als er voller Sehnsucht an seine Schwester dachte. Es war der letzte Tag im Februar.

daß sie seit Jahren mit nicht mehr als zwei Koffern lebt, Alix schaute zu Bernd und Jan hinüber, die ihrerseits in ein Gespräch vertieft waren, es gab für sie keinen Vertrag zu lösen, aber am Montag endlich, am Montag, wenn Jan in der Praxis wäre, würde sie Calypso abholen, ihre alte, kranke, inzwischen vielleicht wieder genesene Katze, denn wenn es in ihrem Leben auch anderes und mehr gab als bloß die grundlegenden, geregelten Verhältnisse, so gab es wiederum doch auch nicht viel mehr als eben diese Katze, mit der sie eine Haßliebe um ihrer eigenen Geschichte willen verband.

12. Kapitel

Gegen alle meteorologische Voraussicht war der März mild, und selbst an den kalten Tagen, selbst in den Nächten, in denen noch einmal Schnee fiel und für ein paar Stunden sogar liegenblieb, wurde die Luft nicht mehr schneidend kalt. Es war nach einem unauffälligen Winter doch das Winterende, eine Erlösung, ein Neubeginn, früh blühten in den Parks und in den kleinen Gärten die Schneeglöckchen und Winterlinge, und Mitte des Monats sah man, daß sich jeden Tag die Knospen der Forsythien öffnen könnten.

Anton hatte von einer dankbaren Patientin, einer alternden, an Krebs erkrankten Frau, eine Fülle von Traubenhyazinthen, von Tulpen, von Narzissen in kleinen Blumentöpfen geschenkt bekommen, es waren fünfzehn solcher Tontöpfchen, die er in der Praxis und zu Hause verteilte und auch zu Hause jeden Tag vorsichtig goß. Sie blühten unter seiner Obhut auf, die Wohnung duftete, wenn er die Türe aufschloß, roch er es schon, und er war voller Hoffnung, daß sich in diesem Frühjahr etwas zum Guten für ihn ändern werde. Zum ersten Mal wartete er nicht darauf, endlich die Frau seines Lebens kennenzulernen. Ihm kam es vor, als tastete er sich mit winzigen Schritten in etwas Neues hinein. Er fragte sich, ob er womöglich resignierte, ob er sich endlich, im Alter von fünfundvierzig, mit einem einsamen Lebensrest abfand, damit, daß Freundschaften die einzige Wärme spendeten, daß er, außer gelegent-

lich, mit keiner Frau mehr schlafen würde, jedenfalls nicht aus Liebe.

Er fühlte sich aber nicht resigniert oder mutlos.
Ihm war, als hätten sich freundliche Lebensgeister
eingefunden, so beschrieb er es Alix am Telefon,
lachend, um das altmodische Wort, das ihn an
Goethe erinnerte, nicht lächerlich erscheinen zu
lassen, aber auf Alix war in solchen Dingen Ver-
laß, sie lachte nicht, sie wußte, was er meinte.
Dann lief er ohne rechts und links zu schauen auf
den Fahrradweg vor der Sparkasse am Kottbusser
Tor.

Es war kein Unfall, um Haaresbreite kein Unfall,
denn die Fahrradfahrerin trug einen Helm, rollte
sich geschickt zur Seite, so daß sie nicht auf die
Fahrbahn stürzte, wo dichter Verkehr war. Der
Sicherheitsmann, der vor der Sparkasse postiert
war, stürzte sich auf Anton und beschimpfte ihn,
als wäre es seine Frau, die Anton verletzt habe.
Die Frau stand auf, sie setzte sich auf einen Fahr-
radständer, atmete durch, dann nahm sie den
Helm ab. Anton sah zu ihr hin, während er versuchte, den Sicherheitsmann zu beschwichtigen.

Sie schaute bloß zu, fast war es, als müßte sie ein
Lachen unterdrücken, als er aber endlich vor ihr
stand und sich entschuldigte, veränderte sie ihre
Miene und forderte streng, er solle ihr Fahrrad
untersuchen.

Ich bin Arzt, sagte Anton.

Ich bin Ärztin, antwortete sie. Aber Fahrräder
kann ich nicht reparieren.

Er hatte ihre Telefonnummer notiert, schob das
verbeulte Rad zu einem Händler in der Oranien-
straße und setzte sich ins Jenseits. Das Fenster
stand offen, obwohl es kalt war. Er bestellte einen

Kaffee und ein Wasser, ihm war blümerant zumute, als hätte er einen Sturz hinter sich. Lydia war energisch, kaum merklich humpelnd, losgeeilt, sie müsse ihre Tochter aus dem Kindergarten abholen, er hatte in seiner Verlegenheit zu spät gedacht, daß er sie gerne begleitet hätte, daß er nicht wußte, wo sie arbeitete, daß er nichts hatte als den Zettel mit ihrer Handynummer, die der Fahrradhändler anrufen solle, sobald das Rad ausgetauscht sei. Er, Anton, zahlte selbstverständlich. Den Zettel vergaß er beim Fahrradhändler.

Es war nicht der geringste Ärger in ihrer Stimme gewesen.

Zwei Tage lang dauerte es, bis Anton begriff, daß er etwas tun mußte. Er sagte es Bernd, er sagte es Jan, er sagte es Alix.

Daß sein Freund Anton je etwas anderes sein werde als der stille Freund Anton, derjenige, der viel arbeitete und zuverlässig war und ihm Patienten überwies und sich über jede Einladung freute, daß Anton noch einmal dahin kommen sollte, daß er glücklich sein wollte, daß seine Stimme vor Aufregung und Freude zitterte. Daß er glücklich sein könnte, daß er eine Liebe finden könnte.

Und von ihnen dreien derjenige, der das Leben neu anfing, während sie dabei waren, sich abzufinden mit dem, was unausweichlich war, mit dem Tod. Anton überflügelte ihn. Er würde der gesegnete sein, dachte Jan, und durch sein neidvolles Erstaunen begann er, sich für Anton zu freuen.

Anton, du hast dich verliebt! rief er, und Anton sagte, ich weiß ja nicht einmal, wie sie heißt!

Er sagte, sie hat ein Kind!

Er sagte zu Jan, sie hat ein Kind von einem anderen Mann, da braucht man sich ja nicht einbilden, daß sie alleine lebt!

Ich kenne sie gar nicht, sagte er Bernd und Alix, die in den Buchladen gekommen war, um Bernd zu helfen.

Aber du sagst, sie ist schön, sagte Bernd, Schönheit ist wichtig. Er dachte an Lars' Körper, er dachte an seine Sehnsucht, die Sehnsucht zerschnitt seine Kraft und ließ ihn auf einen Hocker sinken, Alix betrachtete ihn erstaunt.

Es ist lächerlich, davon zu sprechen, sagte Anton, aber er schaute voller Hoffnung auf Alix, damit sie ihn weiter ausfrage.

Also, sagte Alix, wie sieht sie überhaupt aus? Wie groß? Welche Haarfarbe?

Oh, antwortete Anton zögernd, wie groß, und die Haare. Sie hat braune Haare, ein bißchen rötlich vielleicht. Und sie hat violette Augen, lachte er.

Violette Augen?

Ja, das ist es, was ich gesehen habe, rötliche Haare und violette Augen.

Bernd kam neugierig näher.

Und wie willst du sie wiederfinden? fragte Alix. Auf der Straße? Willst du dich auf dein Glück verlassen?

Anton schaute sie an, um herauszufinden, ob sie ihn hänseln wollte. Aber wie nicht anders zu erwarten, sah sie freundlich aus. Und warum sollte er nicht zuversichtlich sein.

Ja, sagte er, ich werde sie finden, auf der Straße.

Nun, sagte Alix vernünftig, du könntest trotzdem bei dem Fahrradhändler einen Blumenstrauß für sie hinterlegen. Er brachte dem Fahrradhändler Geld für Blumen und ließ seine Telefonnummer dort.

Nie kam ein Mann auf solch eine Idee, dachte
Jan, als ihm Bernd von dem Gespräch erzählte.
Er stand an der Tür zum Bad und hielt eine Hose
in den Händen, unsicher, ob sie in die Wäsche
müsse oder nicht. Alix' kurze Abwesenheit hatte
ihn erschüttert, er wagte nicht zu fragen, was sie
darüber dachte, was sie über Eleonore, über die
Puppe, über die Krankheit oder Verrücktheit dieser ebenfalls nicht mehr jungen Frau dachte, die
vielleicht noch immer so schön war, wie er sie
von Bildern als junge Frau und von ihrer Hochzeit kannte.

Und wie immer, wenn er an Alix diesen Pragma-
tismus bemerkte, war er glücklich und irritiert zugleich. Sie würde, gegen allen äußeren Anschein,
auf ihn aufpassen.

Er kaufte ihr, als er am Abend aus der Praxis kam,
einen großen Strauß rote und orangefarbene Tulpen. Er kaufte in kleinen Tontöpfchen Primeln,
vielleicht hatte sie Lust, den Balkon zu bepflan-
zen.

Er wollte sie fragen, ob sie im Sommer zusammen
verreisen wollten, vielleicht mit Bernd und Anton, zum ersten Mal seit langem hatte er Lust,
Pläne zu machen, es war das Frühjahr, die Tage
wurden länger, es war, als könnte man etwas beiseite schieben, einen Vorhang, ein kleines Hinder-
nis. Den Mantel knöpfte er nicht zu, bald würde
er die kurze Strecke von zu Hause bis zur Praxis
ohne Mantel gehen können. Von der anderen
Straßenseite winkte Bernd, der mit einem Stück
Sandpapier die Lehne seiner Holzbank abrieb.
Ahmed schob einen hoch beladenen Einkaufswa-
gen aus dem Laden, obenauf ein großes Stück
Fleisch. Zwei Kinder rissen sich die Mützen vom
Kopf, tanzten darauf herum und sangen, der Winter ist um, der Winter ist um. Vom Wartburg-

Park her hörte man plötzlich schrilles Geschrei, dann Polizeisirenen. Zwei Tauben stürzten von einer Straßenlampe, flüchteten vor einer Krähe, die sie doch einholen würde, in einer Aufwallung riß Jan die Arme hoch und verjagte die Krähe. Eine alte Frau, die ihr Gehwägelchen, in dem ein Chihuahua unter einer Decke kauerte, vor sich herschob, hob zu ihm den Kopf, sie lächelte, als sie in seinem Gesicht plötzliche Verlegenheit bemerkte. Er zog aus der Tasche den Schlüsselbund, in letzter Zeit zitterte er manchmal, jetzt traf er das Schloß aber sofort, und er eilte die Treppe hinauf bis ins vierte Stockwerk, die Tür öffnete sich, Alix hatte ihn gehört, er schloß sie in die Arme, küßte sie und hob sie hoch, um sie zu ihrem Bett zu tragen.

Auf seiner Schulter schlief Alix ein, den Körper ein bißchen zur Seite gestreckt, zutraulich und gleichzeitig für sich in ihrem Schlaf. Jan lag ganz still. Obwohl er, dachte er, als Psychoanalytiker darum wissen müßte, begriff er nicht, was den Träumen geschah, den glücklichen Bildern, der Sehnsucht, die den Anfang einer Liebe ausmachten, wo sie hingerieten, in was für eine seltsame Stille, die den Blick auf sich selbst erscheinen ließ wie die vorgegebene Abfolge von Bildern eines der Kinderfotoapparate, deren schlecht kolorierte Bildchen die Sehenswürdigkeiten von Urlaubszielen zeigten.

Jans Hand tastete nach Alix' Haar. In seinen Fingerspitzen vibrierte etwas. Es war nichts als eine quasi physische Empfindung, er wunderte sich, daß darin seine Liebe zu Alix bestand.

Leise zog er mit der ihr abgewandten Hand sein Handy zu sich, schickte Anton eine SMS. Hast du sie gefunden?

Statt in der Praxis ein Brot zu machen oder sich einen Döner zu holen, ging Anton zu einem Italiener am Planufer essen, Bernd leistete ihm Gesellschaft. Was hast du vor? fragte Bernd enerviert seinen Freund. Du willst dich allen Ernstes mit deinen fünfundvierzig Jahren an die Skalitzer Straße setzen und warten, ob die Dame deines Herzens noch einmal vorbeiradelt zufällig? Warum holst du dir nicht einfach ihre Handynummer von dem Fahrradhändler?

Anton wurde schließlich zornig.

Dann laß es bleiben, sagte Bernd ungeduldig, es ist ja auch kalt, du könntest dich erkälten; Anton stand vom Tisch auf, band sich seinen Schal um, einen grauen, abgetragenen Schal. Mein Gott, ich weiß jedenfalls, was sie dir zum Geburtstag nächsten Herbst schenken könnte, sagte Bernd, als er den Schal sah. Seufzend stand er ebenfalls auf.

Unweit des Ortes, an dem er den Fahrradweg so unachtsam überquert hatte, stellte Anton sich auf, und eine geschlagene Stunde lang leistete ihm Bernd Gesellschaft.

Dann fror er. Er überquerte die Skalitzer Straße, ging unter den Gleisen der Hochbahn hindurch, überquerte eine zweite Ampel, bestellte in einem Café zwei Milchkaffee im Pappbecher. Er verbrannte sich die Finger. Als er einem Radfahrer nachschaute, fuhr er auf, weil er glaubte, Lars gesehen zu haben. Für Anton hatte er den Zucker vergessen. Eine Bahn fuhr über ihn hinweg, als er unter den Gleisen hindurchging. Im letzten Moment drehte er sich um und schaute hoch und sah die gelben Waggons, wie sie davonfuhren. Da er wieder in Antons Richtung blickte, war Anton nicht mehr alleine.

Sie hatte tatsächlich violette Augen, eine merkwürdige Verfärbung der Iris, von einem dunkleren Rand umgeben, oder es spiegelte sich der Himmel darin in ungewohnter Weise, er sah die nächste Bahn darin, da er ratlos stand und beide, Anton und Lydia, abwechselnd anschaute. Die beiden Kaffeebecher hielt er noch in den Händen. Dann überreichte er Lydia den einen. Ach du je, sagte Lydia, wolltet ihr hier, auf der Straße, bei dem Wetter, ausgerechnet jetzt Kaffee trinken? Fast auf dem Fahrradweg? Habt ihr ja anscheinend selber nicht, Fahrräder, sonst wüßtet ihr wohl, wie das stört.

Sie schaute Bernd an, gründlich, dann wieder Anton. Längst hatte sie wohl begriffen, aber natürlich fragte man derlei nicht.

Habt ihr hier gewartet? fragte sie, das Worauf nicht einmal nennend. Fritz, der Fahrradhändler, hat mir gesagt, du habest für Blumen Geld dagelassen, er hat aber lieber eine Flasche Sekt gekauft, wir haben sie vorgestern getrunken.

Ohne mich zu fragen?

Du hast deine Telefonnummer falsch aufgeschrieben, kicherte Lydia ihn an. Wir haben es versucht. Fritz hat mit ihr gesprochen, sie hieß Alix.

Alix! riefen die beiden Männer, und Bernd lachte.

Alix ist unsere Busenfreundin, sagte er. Alix und Jan. Bis bald, sagte er, er streckte Lydia die Hand hin, sie gab ihm, da sie den Kaffee noch hielt, die linke. Er wollte Anton zum Abschied küssen, ließ es aber bleiben. Bis heute abend, Anton! rief er. Bringe sie doch mit!

Sie hat ein Kind, rief Lydia zurück. Ein andermal.

Aber es würde nicht ein leeres Versprechen sein, sie würde kommen, und wenn sie heute nicht kommen konnte, so trennte ihn nur die Zeit von ihrer Nähe, von ihrer Freundlichkeit, sagte er sich und bettelte nicht. Sie trank ihren Kaffee und kramte mit der linken Hand in ihrer Jacke nach der Brieftasche, eine große, schwarze Brieftasche, die sie aufklappte, um ein Foto herauszuziehen, geschickt mit den Fingern, die sie frei hatte, mit einer ungeduldigen Bewegung seine zu Hilfe eilende Hand abwehrend. Das ist Rachel, sagte sie und schob das Foto eines kleinen, fröhlichen Mädchens mit dünnen blonden Haaren zurück. Die Sprechstundenhilfe holt sie manchmal aus dem Kindergarten ab, wenn ich zu spät bin. Und ich? fragte Anton. Dann errötete er und schwieg, während er sich umwandte, um einer jungen Frau nachzusehen. Wo ist deine Praxis überhaupt? fragte er. Ohlauer Straße, sagte sie. Ich habe sie von meiner Mutter übernommen.

Und wer kommt in die Ohlauer Straße? Die, die nicht zu dir kommen. Oder umgekehrt.

Wir suchen gerade einen Partner für unsere Praxis, sagte Anton.

Ja, sagte Lydia und lachte. Das kann ich mir vorstellen.

Jan war entsetzt, als Anton ihm von seinem Gespräch mit Lydia erzählte, daß er eine Kündigung aufgesetzt habe und sich vorstelle, man könne innerhalb von drei Monaten beide Praxen zusammenlegen.

Verliebt ist ja schön, aber du mußt wirklich komplett übergeschnappt sein. Er ging empört auf und ab. Alix summte und schnitt Tomaten. Alix, sagte Jan, sag was.

Sie drehte sich um.

Wenn wir nicht warten? fragte sie.

Sie sah fröhlich aus. Stelle dir nur vor, wie nett es wird, wenn Anton womöglich glücklich ist.

Er sah noch einmal Lars, nachts, auf der Hauptstraße, am Eingang eines der Clubs dort, rannte er los, er sah, wie Lars das Handy einsteckte, es waren nur zwanzig Meter, die Bernd von ihm trennten, er wollte nicht rufen, er stolperte, Lars war verschwunden, als er sich hochgerappelt hatte, der rechte Fuß schmerzte wieder.

Er lehnte sich an eine Mauer, neben das Poster eines Erleuchteten, eines kleinen, fetten Mannes, der vergnügt grinste. Hör auf zu grinsen, sagte Bernd zu dem Poster und bildete sich ein, ihn kichern zu hören. Über den Himmel glitten schnell Wolken, dazwischen leuchtete der Mond so hell, als könnten die Lichter der Stadt ihm nichts anhaben.

Hör auf zu leuchten, sagte Bernd zu dem Mond.

Arm in Arm gingen drei Jungs vorbei und schauten zu ihm hin, der eine pfiff.

Bernd hockte sich hin, er wollte Lars nicht nachlaufen. Die drei Jungs verschwanden in dem Hof, der zum Club führte. Der Bürgersteig war plötzlich leer, nur eine Maus huschte von der Fahrbahn auf die Mauer zu, suchte, fand keinen Durchschlupf, lief auf ihn zu, erschrak. Einen Augenblick verhielt sie, die eine Pfote in der Luft, dann drehte sie sich um und rannte davon. Sie war aber nicht vor ihm erschrocken, sondern vor einem kleinen Hund, der hervorgeschossen kam, ohne zu bellen, der Maus folgte, bis sie im Eingang des Hinterhofs unter dem Scharnier des Torgitters verschwand. Bernd war aufgestanden, er wollte wissen, was mit der Maus geschah. Der Hund lief zu ihm hin und setzte sich. Es war ein kleiner weißer Hund, irgendwo zwischen Pudel und Schnauzer. Na und? fragte ihn Bernd. Er atmete tief ein, beugte sich hinunter und kraulte den Hund. Bist du mir zugelaufen? fragte er, nachdem er nach links und rechts geschaut hatte. Oder gehst du bloß alleine spazieren?

Kommst du? fragte Bernd nach einer weiteren halben Stunde. Es war elf Uhr inzwischen, er wollte aber noch bei Alix und Jan vorbeigehen.

Der Hund, der sich gesetzt hatte, stand auf und folgte ihm, lief so selbstverständlich neben ihm her, als gehörten sie seit je zusammen. Du mußt wissen, sagte Bernd, die beiden haben eine Katze, Calypso heißt sie, eine pechschwarze Katze. Es wäre gut, wenn ihr höflich miteinander seid.

Der Hund guckte zu ihm auf, und Bernd zuckte mit den Achseln. So ist es, mußt du nehmen, wie es ist. Er fühlte sich so leicht und froh, daß er trotz seines schmerzenden Fußes ein bißchen hüpfte, und der Hund hüpfte mit.

Es kam ihm vor wie das Absurdeste auf der Welt, er verkündete Clara beim Frühstück, daß er über Mittag im Büro bleiben werde, er fuhr um halb zwölf zurück Richtung Zehlendorf, bog aber zum Nollendorfplatz ab, dort, hatte ihm Mai Linh gesagt, werde sie auf ihn warten, und wenn das Wetter schön sei, dürfe er sie gerne in den Zoo einladen, hatte sie mit heruntergeschlagenen Augen gesagt, so leise, daß er es kaum verstanden hatte, er mußte sich darauf verlassen, erraten zu haben, was sie sagte und was er wünschte, er hatte sich für das dicke, braungraue Jackett entschieden, er hatte einen zweiten Seidenschal eingesteckt, falls sie frieren würde.

Der Verkehr war weniger dicht, als er gedacht hatte, er war eine halbe Stunde zu früh, und da er einen Parkplatz fand, lief er über die Straßen und unter den Gleisen hindurch bis zum Winterfeldplatz, es war Mittwoch, die Marktstände waren noch alle aufgebaut, obwohl es noch so früh im Jahr, fast noch Winter war, standen vor jedem der Stände Käufer, eine Fischhändlerin sang laut ein Lied, drehte sich dabei um ihre eigene Achse, und als sie Heinrichs Blick bemerkte, winkte sie zu ihm hin, hoch in die Luft. Ein Blumenstand verkaufte Anemonen, er blieb stehen, als hätte er die Farben niemals gesehen, die Sonne schien auch, er hörte leises Atmen und darin ein Lachen; sie war schon da, er mußte nicht nach ihr Ausschau halten, und er streckte die Hand aus, um sie an der Schulter zu berühren, dankbar, daß sie ihm erspart hatte zu warten, daß sie neben ihm atmete und ging, als wäre das selbstverständlich; sein Herz klopfte trotzdem allzu heftig. Sie wußten nicht, was sie miteinander reden sollten. Was ihm durch den Kopf ging, betraf seine Vergangenheit und Clara, er wollte nicht taktlos sein. Zum Glück hatten sie das Auto erreicht, und er fuhr vorsichtig, er fuhr langsam, das Motorengeräusch half, daß sie nebeneinandersaßen half, es war angenehm, dann nahm er all seinen Mut zusammen – er spürte diesen Mut wie etwas Körperliches und daß er ein alter Mann war – und drehte sich zu ihr, um sie anzulächeln.

Die Flamingos standen da, die Tiere, die Leoparden, die Löwen, auch der Tiger, die Giraffen vor allem, sie drängten in die sonnigen Stellen, und als wären sie nicht länger gewöhnt, angeschaut zu werden, wandten sie zu den beiden die Köpfe hin.

Von der Seite, vor den Tieren, sah Heinrich ihr Gesicht. Ihm schien ihre Wange so weich, wie er nie etwas berührt hatte, er zeigte ihr die Biber, die gerade aus dem Winterschlaf erwacht waren und blinzelten, und sie gingen zu den Pinguinen, die hurtig und wie vergnügt hinter ihrer Glasscheibe hin und her schwammen, sogar an den Volièren liefen sie entlang, es gab Tauben, die gefiederte Füße hatten, nur die schwarzen wie gelackt aussehenden Riesenkrähen bedrückten sie beide, ihre entsetzlichen Schnäbel, scharf wie Mordinstrumente, die sie gegeneinanderschlugen, Mai Linh fröstelte, sie schaute zu ihm, er legte seinen Arm um ihre Schulter. Er war glücklich. Er würde sich zu ihr beugen und sie küssen, nicht heute, aber in den nächsten Wochen oder Monaten; mit einem Finger berührte er ihre Wange, ihn schauderte, so lange hatte er Clara nicht berührt und keine andere Frau, der Abschied war endgültig gewesen, das Leben hatte schon lange aufgehört, jetzt begann es von neuem, sie waren beide befangen, die Vögel krächzten häßlich, als wollten sie sich lustig machen.

Sie gingen in den Kinderzoo, sie waren die einzigen dort, der Esel spazierte aus seinem Gehege heraus und auf sie zu, Mai Linh schrie auf, als er sie mit der Schnauze am Arm stupste, sie lachte und hielt sich enger an Heinrich.

Später, als sie sich im Aquarium aufgewärmt hatten, sagte sie, daß sie jetzt gehen müsse. Sie wollte nicht, daß er sie nach Zehlendorf führe, er ließ aber nicht ab, erst als sie die Autotür öffnete, um auszusteigen, sich zu ihm drehte, unsicher, wie sie sich verabschieden sollte, wußte er, daß es ein Fehler gewesen war, ihm kam es vor, als würden sie beobachtet, und dann, als sie den Kopf nur gesenkt hatte und seine Hand berührt, bevor sie davoneilte, dachte er, daß das Glück überwog.

Anton stand vor dem Spiegel im Flur, er betrachtete ernsthaft sein Gesicht, als sich im Hintergrund etwas bewegte, blickte er hoch, sah im

Spiegel am Tisch Alix stehen und ihn anlächeln, was prüfst du? fragte sie. Jan und Bernd räumten aus dem Keller Bretter ins Treppenhaus, weil Jan in seiner Praxis ein weiteres Bücherregal anbringen wollte, man hörte ihre Stimmen durch das Treppenhaus, und Alix versuchte wegzuhören, weil sie nicht wissen wollte, was die beiden miteinander sprachen. Den Hund hörte sie auch, er winselte nicht, er hechelte nicht, er schien seine eigene Sprache zu sprechen.

Ich prüfe, sagte Anton, ob ich selber sehen kann, wie mein Gesicht sich verändert hat. Glaubst du, daß Lydia mich liebt?

Ja, sagte Alix.

Warum? fragte Anton. Warum soll sie mich lieben? Und weißt du, daß ich Krampfadern habe?

Nein, sagte Alix.

Siehst du, sagte Anton. Wenn man so alt ist, wie soll das dann gehen mit der Liebe?

Aber Lydia ist doch fast so alt wie du, sagte Alix.

Ja, sagte Anton.

Es klingelte, Alix drückte auf den Summer, sie hörte Lydias Lachen, als sie den Hund begrüßte, der begeistert bellte und die Treppe hinauflief wie der Bote einer guten Nachricht, schnell und aufgeregt.

Das ist das erste Mal, sagte Anton, er war rot geworden. Und wenn du sie nicht magst?

Jetzt warte doch mal! sagte Alix und blieb an der Tür stehen, während Anton sich ein paar Schritte zurückzog, sie hörte schon Lydias Flüstern, für sich flüsterte sie, wie sie vielleicht ihrem Kind zuflüsterte, nur Mut! Es kann dir nichts passieren, nur Mut! Dann war sie auf dem oberen Treppenabsatz angekommen und hob, die Stirn gerunzelt, den Kopf und stand Alix direkt gegenüber. Der kleine Hund rannte japsend in die Wohnung, kam wieder zu den beiden zurück, er setzte sich still genau zwischen sie.

Ich hatte mit Jan die letzten Regalbretter aus dem Keller geholt und stand am Hauseingang, um nach Schnuff auszuschauen, ich war sicher gewesen, ihn im Treppenhaus zu finden, aber er war nirgends zu sehen oder zu hören, ich ging auf die Straße, vorne, an der Ecke Grunewaldstraße bremste gerade quietschend ein Auto, ich hörte, wie jemand aufgebracht etwas schrie, mir stockte das Herz, ich rief leise Jan, er war aber losgelaufen in seine Praxis, um einen Teil der Regalböden schon dorthin zu bringen, und als er nicht antwortete, war ich sicher, daß Schnuff überfahren worden war.
Es war nicht mein Hund, strenggenommen, aber ich konnte mir schon nicht mehr vorstellen, daß ich mich von ihm trennen müßte, er war mir zugelaufen, er war, ohne Leine, mit mir mitgekommen, er gehörte zu mir. Und ich fühlte, wie alles in mir schwarz wurde, ich hatte nicht den Mut, alleine nachzuschauen und lief die Treppen hoch, um Alix zu bitten, ob sie mit mir mitkommen könnte, um Schnuff zu suchen, ich wollte rennen, es ging aber nicht, wegen des Fußes und weil ich nicht genug Luft bekam.
Als ich fast oben war, rief ich leise, Alix hört ja noch das leiseste Rufen, aber mich hörte sie diesmal nicht, und ich hörte sie nicht, wie sie dort standen, zu dritt, denn Anton hatte sich hinter der Tür nicht hervorgewagt, er wollte nicht stören, und er hatte Angst, was wohl passieren werde, wenn sich die beiden Frauen zum ersten Mal begegneten, er muß gefürchtet haben, Alix werde in Lydia eine Konkurrenz sehen, eine Person, die dies Gefüge aus drei einer Frau ergebenen

Männern durcheinanderbringe, obwohl wir alle Alix besser kennen sollten. Es ist ja nicht überirdische Großzügigkeit, sondern daß sie nicht auf die Idee kommt, es könne ihr jemand etwas geben oder wegnehmen, und deswegen fürchtet sie sich nicht vor anderen, oder, wie Anton einmal sagte, sie fürchtet sich allenfalls vor zwei Menschen, vor ihrer Mutter und vor Jan, eine Bemerkung, die mich überraschte und erschreckte, weil ich mir nie habe ausmalen können, daß Alix – auch wenn sie für Stunden oder Tage verschwindet und nach Maßstäben vieler regelrecht verrückt ist – irgendwelche Empfindungen vor uns und vor mir verbirgt.

Jedenfalls war ich oben angekommen und sah die beiden Frauen und in ihrer Mitte Schnuff, alle drei bewegten sich nicht, es war der Moment, in dem sich entschied, ob sie einander mögen würden, Schnuff saß unparteiisch zwischen ihnen beiden, ich war über die Maßen erleichtert, ihn zu sehen, und dann sagte ich, jetzt sind wir sechs. Alix schaute zu mir und fing an zu lachen.

Wir waren glücklich an diesem Abend, auch Jan, als er zurückkam und Alix, Anton, Lydia und mich in der Küche sah, es war dazu nicht mehr nötig, als Anton anzuschauen, der nicht strahlte, eher gefaßt aussah, konzentriert wie ein Mensch, der sich bemüht, das Wesentliche in seinem Leben zu erfassen.

Ein vertrauter und glücklicher Zustand kann auf zwei unterschiedliche Weisen beendet werden, durch ein größeres Glück oder ein Unglück, vielleicht aber auch dadurch, daß man versucht, das Wesentliche herauszufiltern. Es ist eine Art schlüpfriges Brett, auf dem man fälschlich auf die andere Seite eines Baches zu gelangen hofft, etwas, das sicheren Übergang verspricht und schließlich dazu führt, daß man stürzt.

Als ich mit Schnuff schließlich nach Hause ging, kamen mir plötzlich die Tränen. Ich versuchte, mir vorzustellen, wie Jan und Alix die Küche aufräumten und daß sie nicht mehr der Mittelpunkt unseres Lebens waren, sondern nur noch ein Teil davon.

An diesem Abend habe ich mir vorgestellt, Antons Glück werde unser Leben verändern; wie hätte ich auch ahnen sollen, was tatsächlich geschehen würde.